把生活过成你想要的样子

把——生活过成

慈怀读书会 主编

北京联合出版公司

Beijing United Publishing Co.,Ltd.

就算生活中有太多的失望，

也希望你能试着接受，

并且学着不为难自己。

CONTENTS　目录

2 CHAPTER

愿你永远看得通透，
活得洒脱

▼

人生就像一场众人的独欢，总有形形色色的人穿梭往来，总会发生各种各样的事，而其中冷暖只有自己才能体会。只有经过生活的洗礼，我们的内心才能渐渐丰盈，才能对生活有更深层次的理解。

CHAPTER 3

希望你爱得宁静，
还以爱的本真

爱与被爱是每个人心灵深处最本真的渴望，它可以拉近心与心的距离，可以让彼此更幸福。愿我们都能在爱的呵护下成为更好的自己，用一颗纯真无尘的心接受命运的馈赠。

4 CHAPTER

孤独是爱
最意味深长的赠品

◢

孤独是爱最意味深长的赠品，受此赠礼的人从此学会了爱自己，也学会了理解别的孤独的灵魂和深藏于它们之中深邃的爱，从而为自己建立了一个珍贵的精神世界。

CHAPTER 5

享受无意义，
让自己慢下来

为什么我们经常会被无意义感所侵占？功利的世界让我们失去了对生活的热爱和享受，失去了对美好事物的好奇与感知。无意义感是让我们慢下来，好好体味生活。

活成自己
喜欢的样子

活成自己喜欢的样子，那是一种美好。每个人都想要活得快乐、自由，但我们却经常从别人身上寻找自己，而把真正的自己遗忘在角落。一个人的时候，好好想想："你想要的究竟是什么？"

不要让自己的生活
有规律无意义地循环

◢ 李尚龙/文

———

前些日子我去医院看病，医院里人山人海，病人焦虑，医生烦躁。

挂号、排队花了一上午，终于到我了。

前面一个大爷不停地问着值班人员："我下次来什么时候？这个药靠谱吗？费用在哪里缴？"值班人员不耐烦地回答着，因为每天都有无数的人，过来问同样的问题。

她先是无奈地回答着，后来嗓门提高了八度，像是在吵架一样。

到我后，吓得我连大气都不敢喘，看完病，我急忙跑下去缴费。

缴费口已经排了很长的队，排到我时，我多嘴问了一句："多少钱？"

那人不说话。

我又问了一句："多少钱？"

那人脸色无光，似乎在回答一个有关生死的问题，他瞪着我，极其不耐烦地想说点什么，又戛然而止。

我有些不高兴，大喊一句："大哥，到底多少钱？"

终于他爆发了，说："单子上有，你自己不会看吗？"

我赶紧看单子，交了钱，走前，嘀咕了一句："怎么这么不耐烦！"

结果，一不小心，他听到了。他大喊一句："我不该不耐烦吗？"

我走在路上，满脑子都是他的那句：我不该不耐烦吗？

实在弄不懂，他为什么说自己就该不耐烦，这明明是你的工作，既然你选择的工作就是机械地做一样的事情，这份工作给你带来的是体制内的稳定和安稳的待遇，你就应该承受一些无聊的枯燥啊。

可走着走着，忽然我懂了，的确，他应该不耐烦。

毕竟，他这么年轻，却过上了每天重复的生活，日子像上

了发条，除了循环就是循环，日日夜夜，每天都是这样。这样
的生活，能耐烦吗?

二

我想起前段时间放假，我和朋友去高中看老师。

我们走到操场，第一个认出的，是我们高中的体育老师。
他拿着球，低着头，同学们在操场上驰骋，他却无聊地在边上
玩着仅剩的几个球。

朋友说，这个景象似曾相识。

忽然想到，我们高中的时候，他也是这样，体育课从来不
会组织我们干些什么，只是把球发给大家，让大家自由活动。

这么多年过去了，学生一批批地更换，但是这些老师的日
子，却在一天天不停地重复着。

可是，如果一个老师的幸福感都不强，每天重复做着一样
的事情，自己的生活都过得平淡无奇，怎么可能教好学生。

走到教学楼，我忽然看到一个老师在体罚学生。

我想起上高中时，隔壁班一个老师，曾经一巴掌把一个学
生打翻，然后骂了很久。

孩子家长来后，老师不停地说，自己是为了教育，才下此
狠手。

后来我自己当了老师，坚定地认为，一个老师如果真是为

只有每天进步的人，才能过上稳定的生活。

了教育，绝对不会上课打学生。如果一个老师爆发了怒火，百分之百跟他自己的生活有关。

我甚至可以大胆地假设，那个老师每天不变的生活状态，导致他对自己、对生活不满意，他崩溃、发怒，最后施加到了学生身上。

遇到过很多老师，他们在学校里的生活一成不变，甚至很多老师的课件，多年都不更改。

他们忘了当日子开始循环时，人自然也就不再进步；当一个老师都不进步时，工作自然也就每天循环运转，学生当然就不会受益了。

谁错了？

答案很简单：你为什么要让自己的日子那样规则地循环？

三

那天看了一个数据。

多数中小型企业的平均寿命，是 2.7 年。世界五百强的平均寿命是 40 年。

而我们的职业生涯，大概也是 40 年左右。

也就是说，如果你刚毕业就创业，刚好把这个公司创办成世界五百强，到了你退休那年，差不多它刚好倒闭。

所以，人这辈子，一定会换好多不同的职业和单位，世界是变的，唯一不变的，就是变动本身。只有每天进步的人，才能过上稳定的生活。

曾经听一个职业规划师说："在这样一个每天都在不停变动的世界，如果你还不思进取地在自己的岗位循环着，那不是平淡，必然是平庸。"

这话说得可能有点重，但是却又不失道理。

直到今天，银行柜台的很多重复性工作已经被支付宝大范围代替，地铁售票员的岗位也在逐渐减少，随着机器的改善，很多重复性人工工作都逐渐被机器代替。

互联网的出现，让这个世界充满着变化。世界的变化，超乎每个人的想象。

四

我见过很多人，都在不停地进步，他们每天都在学习，就是为了更好地在世界上生存。

也有很多人　他们跨界跨得很成功，因为，他们必须让自己无可替代。

那些重复的循环的工作，机器总有一天会全部把它们取代。

你是否想过，机器能做的事情，人，完全不用那么痛苦地去做了。

你可以不耐烦地重复着甚至抱怨着，可那看似很忙的生活，或许只是因为你懒于思考去改变而已。

会不会有一天，当你能做的，机器会比你做得更好，并且不抱怨还不要钱的时候，你是否想过，自己还拥有什么无法被替代的技能立足于这个世界？

那天我遇到了一个朋友，是个月嫂，她自豪地跟我说，曾经大家特别不看好这种工作，现在自己一个月工资是八千。

她继续说："我这个工作，未来不会被机器替代，因为我每天都在进步，都在实践、看书、学习。"

她笑得很甜，这些年她赚了一些钱，马上准备出国进修计算机。

我问她为什么。

她说，未来发生什么，谁知道呢。

她告诉我，永远不要让自己的生活，有规律无意义地循环。

李尚龙

世界最大的不变是改变，只有每天进步，才能拥抱生命的无限可能。

已出版：
《你只是看起来很努力》
《你所谓的稳定，不过是在浪费生命》

你有权过独一无二的人生

▲周小北 / 文

一办完婚礼，我就拎着全部家当兴冲冲搬到了我老公所在的城市。然而，迎接我的并不是甜蜜浪漫的蜜月期和你侬我侬的花前月下。他每天忙到跟我说句话都嫌多余，早晨匆匆打个照面就出门，晚上回到家累得倒头便睡。

他仿佛身兼一千个工种，一日三餐没办法按时吃，没有午休，全天候高速运转，经常熬夜，睡眠不足，食欲不佳，更甭提陪我逛街、散步、看电影这类资产阶级的小情小调了，我觉得我从此就要这么青灯黄卷了此残生了。

春天到了，路边野花绽放，柳絮飘飞，我在暖风吹拂下赏花赏景看鲜花开遍，心底却是一片透彻心扉的凉意。

我必须要跟他好好谈谈。

有天晚上，我一直等他到深夜零点。他回家以后依然是一副忙得顾首不顾尾的模样，丝毫顾及不到我落寞、异样的神情。我不由得心灰意冷，悲从中来，万箭穿心却面无表情地对他说："呐，如果你觉得跟我结婚是一件后悔的事，莫不如现在就及时止损，亡羊补牢，未为迟也。咱们都是成年人，好聚好散，一别两宽，各生欢喜。"

他大惊："你怎么会这样想？我没这个意思！"

"那你是哪个意思？姐每天这青灯古佛的日子过得苦哇！身边一个说话的人都没有，家弄得跟宾馆似的，两个人每天相处的时间还不如跟同事多呢。"

他忙不迭地辩解："我一直是这种生活节奏啊，从小到大都是这样的。"

这就是异地恋的弊端了，谈恋爱的时候隔着山长水阔，每天对着明月寄相思，手机短信发个"晚安"都能痴心妄想幸福一整天，如何能探测一个人生活里的真实状态？

我镇定心神，暂且按下心中万马奔腾、磅礴汹涌的悲愤，用尽有生以来最大的耐心和教养说服自己平静下来，以知心大姐的身份听听他是怎么说的。毕竟，从结婚以来，我们还没有正儿八经地聊过天呢。

他告诉我，从小他们家就没有所谓的休息和放松这回事。在家里不能睡懒觉，不能无所事事晒着太阳嗑瓜子，更不能出门找乐子，逛街下馆子，聚众撸串子，总之一切快乐、放纵的事都是有罪的。

有时不妨打破窠臼，大胆按照自己的意志活出另一种人生。

他母亲常年不苟言笑、任劳任怨地干家务，累倒累病了依然坚守岗位。前阵子都生病住院了，还不肯听医生的话好好休息，一个劲儿嚷嚷着要给家里缝被子。

老天，现在还有多少人盖 80 年代那种厚得死重死重的棉花被？况且，家里的被子已经多到可以开一个棉被展览馆了。

老公的姐姐上大学的时候，学着同龄女孩给自己买了条牛仔裤，放假以后美滋滋地穿回家，结果被父母严厉批评"太不检点了"，从此再也没敢穿过一次。

想起来，他的父母也确实挺不容易，事无巨细，要操心的地方太多，但这样的教养方式和家庭氛围实在是累人累己，谁都别想松快自在起来啊。

他工作以后离开父母，原本自己租个单身公寓也过了一段逍遥的小日子。后来，父亲坚持要从外地赶来照顾他。其实更多是"管理"和"监督"，生怕他享受生活学坏了。

他在工作之余自己开了家实体店，利用闲暇挣点外快。钱挣得有时多有时少，最重要的是图个开心，还能顺便结交一些生意上的朋友。

本是件好事，然而自从父亲知道他有店以后，立刻就上心了。每天他好不容易忙完工作上的事，想回家休息一下，父亲就板着面孔对他说："赶快去店里忙生意，多赚些钱。"

有时他忙完店里的事，回来得有点早（比如晚上十点），父亲还会把他再赶回去，一直忙到凌晨才罢休。老人常常为了多赚几十块钱，让他守在店里直到很晚。慢慢地，他的生活里只剩下拼命挣钱这一件事了。

虽然我对此很不能理解，但直觉告诉我，不管出于什么冠冕堂皇的理由，这样无休止地消耗身心都是成问题的。何况家里并不缺钱，疲于奔命又是何苦？

我老公在这样常年的持续透支下，身心状况也愈来愈糟。

其实我可以理解，我们的父辈多是从苦日子过来的，穷怕了，难免会把钱看作头等大事。即便生活条件好了，父母也依然保持着过去那种极度匮乏的意识。

他父亲去菜场买菜，总要挑最烂的菜叶和快死的鱼，因为这样可以享受打折甚至免费的待遇。有时候我想不通，为了几毛钱跟人争吵半天，或是用两个小时跑遍市场货比三家就为了省下一块钱，到底值得吗？

然而老人家的思想，是怎么劝都不会听的，我老公在婚前基本是如实继承了这样的家族基因。你能想象到，在这样的心态下，每一天都不会过得开心。

然而他更看重的是：正确。对他来说，正确比开心重要，正确可以获得旁人的赞扬和父母的认可。

他都快三十岁了，从内裤到外套都是妈妈在外地买好了寄过来，自己买衣服是不被允许的。妈妈买的衣服都是那种款式老旧的便宜货，所以多年来他的自我评价也极低。

发型更不能随意修剪，妈妈喜欢那种乖乖的、毛茸茸的学生头。他有时自己偷偷去理那种刚硬的短发，妈妈会在视频通话里予以激烈批评。

在周围的朋友和同事里，他的口碑是最好的，没有恶习、远离绯闻、端庄持重、老实勤奋，这正是父母过去几十年从"正确人生"里尝到过的舆论甜头。

然而，由于常年的食宿不定和紧张忙碌，他的胃出现了一些问题，有时候痛起来恨不得满地打滚。长期熬夜令他气血亏虚严重，虽然是个大好年华的青年，却时常感觉中气不足、郁郁寡欢。

光顾着挣钱却从不敢按照自己的心意来花钱和享受生活，他的性情也变得自卑内向和压抑。

原本开店赚钱是一件随心而为的赏心乐事，慢慢变成了捆缚他全部闲暇时间的致命绳索，让一个活泼泼的人在这种低质量的重复忙碌和消耗中变得疲累窒息，再无精力去顾及生命中那些真正重要的事。

那次深谈之后，我果断干了件可能会被婆家扫地出门的事儿：把店关了，同时把他父亲请回老家安心休养。

开店那几年，他在工作上类似于打酱油混日子，从没深入钻研过什么专业技能。没了店以后，他终于可以一门心思扑在工作上，拿下了好几个专业领域的证书。

他开始有时间跑步、做饭、看书、看电影，做那些以前想都不敢想的事。捡起了多年前爱好的毛笔字，每天睡前临摹那

健硕的身体和丰沛的心灵才是储存财富的粮仓，
没有一个人可以无视这两样上苍最宝贵的赠予。

么一帖，神清气爽，练完字以后对我说话的语气都变柔和了。

他充分发挥厨艺天分，购置烤箱和各色原材料，在家捣鼓出了比萨、饼干、混合果蔬麦片、小蛋糕、寿司等美味，让家人足不出户就可以吃到天然、健康的点心。

我们把年假攒起来出门旅行，带着孩子沿洱海骑行，在束河古镇晒太阳、喂狗，路过南京爬天文台，去四川登山临水。他说，等孩子再大一点可以一起出国旅行。

这一路上，他的变化比我还要大。走的是脚下路，谱的是心中曲，从过去一笔一画一撇一捺的小格局里露出头来，换了个心境，换了层身份，看清了许多惯性轮回里的定数。

回到生活中来，许多细节在不知不觉间变换。

他从夜猫子变成了早鸟，再不迷恋熬夜透支带来的精神亢奋，每天晚上到点了就会自觉地去寻找枕头。睡前还不忘给自己贴上明目醒脑的眼贴膜，懂得爱惜自己了。

为了弥补前几年过度透支造成的亚健康，他学习中医和养生，自己制作药膳。当归黄芪乌鸡汤、山药茯苓粥、白芷羊肉汤，补正气、疗虚损、健脾胃，香气袅袅，浸润心神。

每天早晨五六点，他准时醒来，写写毛笔字，制定一天的计划，准备早餐，阅读。在别人上班之前，就已经度过了一段属于自己的宁静的晨间时光。

有意思的是，他放下终日为钱奔命的想法，转身纵情投入生活的怀抱以后，却并没有因此而减少多少收入。

　　他更能发掘自己的专长，积累自己的专业本领，气定神闲地从事每一项工作。放弃了那些日日奔走的小生意，却能系统而深入地贯彻执行一个个大项目。有了充分的休息，人才能持续获得拼搏的养分和动力。

　　我们以为只有不断地辛勤劳作才可以攫取外部资源，而外部资源是无法穷尽的，即使终年无眠无休，这一生也不会有终极圆满的那一天。

　　被忽略的真相是，真正的宝贵资源其实来自我们的内在。

　　终日埋首处理琐碎的事务，那些透支体力、负荷过重、背离身心的持续运转，则让人长期陷于盲目困顿的损耗。像一头沙漠里踟蹰独行的枯瘦骆驼，前方茫茫黄沙，此地一片干涸，绿洲遥遥无期。

　　林语堂在《生活的艺术》中说："一般人不能领略这个尘世生活的乐趣，那是因为他们不深爱人生，把生活弄得平凡、刻板，而无聊。"

　　健硕的身体和丰沛的心灵才是储存财富的粮仓，没有一个人可以无视这两样上苍最宝贵的赠予。感受微风的轻拂，体味秋叶的飘零，对生命细微的触觉与感动才是无与伦比的存在之美。

　　而那种旁人眼里的劳模、家长眼中正确乖巧的形象，如果它使你无力与心灵深处的内在能量源头相连接，它使你陷入巨大的荒芜和迷茫。那么，不妨打破窠臼，大胆按照自己的意志活出另一种人生。

因为这一生，从来到去的路上，永远都只有你一人。

听过许多传说，越过无数人潮，我们夜里哭白天笑，隐藏孤独心事，一直都是自己陪自己。当身心交瘁不堪其重，还谈什么热爱事业、热爱他人，首先要热爱的是你自己啊。

你有权过好这份属于你的独一无二的人生，这是上帝都不能阻止的事。

周小北

健硕的身体和丰沛的心灵才是储存财富的粮仓，没有一个人可以无视这两样上苍最宝贵的赠予。感受微风的轻拂，体味秋叶的飘零，对生命细微的触觉与感动才是无与伦比的存在之美。

我喜欢

◢ 张晓风 / 文

我喜欢活着，生命是如此地充满了愉悦。

我喜欢冬天的阳光，在迷茫的晨雾中展开。我喜欢那份宁静淡远，我喜欢那没有喧哗的光和热。而当中午，满操场散坐着晒太阳的人，那种原始而纯朴的意象总深深地感动着我的心。

我喜欢在春风中踏过窄窄的山径，草莓像精致的红灯笼，一路殷勤地张结着。我喜欢抬头看树梢尖尖的小芽儿，极嫩的黄绿色中透着一派天真的粉红——它好像准备着要奉献什么，要展示什么。那柔弱而又生意盎然的风度，常在无言中教导我一些美丽的真理。

我喜欢看一垄平平整整、油油亮亮的秧田。那细小的禾苗密密地排在一起，好像一张多绒的毯子，是集许多翠禽的羽毛织成的，它总是激发我想在上面躺一躺的欲望。

我喜欢夏日的永昼，我喜欢在多风的黄昏独坐在傍山的阳台上。小山谷里的稻浪推涌，美好的稻香翻腾着。慢慢地，绚丽的云霞被浣净了，柔和的晚星遂一一就位。我喜欢观赏这样的布景，我喜欢坐在那舒服的包厢里。

我喜欢看满山芦苇，在秋风里凄然地白着。在山坡上，在水边上，美得那样凄凉。那次，刘告诉我，他在梦里得了一句诗："雾树芦花连江白。"意境是美极了，平仄却很拗口。想凑成一首绝句，却又不忍心改它。想联成古风，又苦于再也吟不出相当的句子。至今那还只是一句诗，一种美而孤立的意境。

我也喜欢梦，喜欢梦里奇异的享受。我总是梦见自己能飞，能跃过山丘和小河。我总是梦见奇异的色彩和悦人的形象。我梦见棕色的骏马，发亮的鬣毛在风中飞扬。我梦见成群的野雁，在河滩的丛草中歇宿。我梦见荷花海，完全没有边际，远远地在炫耀着模糊的香红——这些，都是我平日不曾见过的。最不能忘记那次梦见在一座紫色的山峦前看日出——它原来必定不是紫色的，只是翠岚映着初升的红日，遂在梦中幻出那样奇特的山景。

我当然同样在现实生活里喜欢山，我办公室的长窗便是面山而开的。每次当窗而坐，总觉得满几尽绿，一种说不出的柔和。较远的地方，教堂尖顶的白色十字架在透明的阳光里巍立着，把蓝天撑得高高的。

我还喜欢花，不管是哪一种。我喜欢清瘦的秋菊、浓郁的

在镜面上可以摄看、凝看，而作之外的一切都会，
完全可以放松甚至忽略自己，不与他人计较。

把生活过成你想要的样子 ｜ 插画：XuAn　LyleanLee

玫瑰、孤洁的百合，以及幽娴的素馨。我也喜欢开在深山里不知名的小野花，十字形的、斛形的、星形的、球形的。我十分相信上帝在造万花的时候，赋予它们同样的尊荣。

我喜欢另一种花儿，是绽开在人们笑颊上的。寒冷的早晨我走在巷子里，对门那位清癯的太太笑着说："早！"我就忽然觉得世界是这样的亲切，我缩在皮手套里的指头不再感觉发僵，空气里充满了和善。

当我到了车站开始等车的时候，我喜欢看见短发齐耳的中学生，那样精神奕奕的，像小雀儿一样快活的中学生。我喜欢他们美好宽阔而又明净的额头，以及活泼清澈的眼神。每次看着他们老让我想起自己，总觉得似乎我仍是他们中间的一个。仍然单纯地充满了幻想，仍然那样容易受感动。

当我坐下来，在办公室的写字台前，我喜欢有人为我送来当天的信件。我喜欢读朋友们的信，没有信的日子是不可想象的。我喜欢读弟弟妹妹的信，那些幼稚纯朴的句子，总使我在泪光中重新看见南方那座燃遍凤凰花的小城。最不能忘记那年夏天，德从最高的山上为我寄来一片蕨类植物的叶子。在那样酷暑的气候中，我忽然感到甜蜜而又沁人的清凉。

我特别喜爱读者的信件，虽然我不一定有时间回复。每次捧读这些信件，总让我觉得有一种特殊的激动。在这世上，也许有人已透过我看见一些东西。这不就够了吗？我不需要永远存在，我希望我所认定的真理永远存在。

　　我把信件分放在许多小盒子里，那些关切和情谊都被妥善地保存着。

　　除了信，我还喜欢看一点书，特别是在夜晚，在一灯荧荧之下。我不是一个十分用功的人，我只喜欢看词曲方面的书。有时候也涉及一些古拙的散文，偶然我也勉强自己看一些浅近的英文书，我喜欢异国文字变化的活泼。

　　夜读之余，我喜欢拉开窗帘看看天空，看看灿如满园春花的繁星。我更喜欢看远处山坳里微微摇晃的灯光。那样模糊，那样幽柔，是不是那里面也有一个夜读的人呢？

　　在书籍里面我不能自抑地要喜爱那些泛黄的线装书，握着它就觉得握着一脉优美的传统，那涩黯的纸面蕴含着一种古典的美。我很自然地想到，有几个人执过它，有几个人读过它。他们也许都过去了，历史的兴亡、人物的更迭本是这样虚幻，唯有书中的智慧永远长存。

　　我喜欢坐在汪教授家的客厅里，在落地灯的柔辉中捧一本线装的昆曲谱子。当他把旧得发亮的褐色笛管举到唇边的时候，我就开始轻轻地按着板眼唱起来。那柔美幽咽的水磨调在室中低回着，寂寞而空荡，像江南一池微凉的春水。我的心遂在那古老的音乐中体味到一种无可奈何的轻愁。

　　我就是这样喜欢着许多旧东西，那块小毛巾，是小学四年级参加《儿童周刊》父亲节征文比赛得来的。那一角花岗石，是小学毕业时和小曼敲破了各执一半的。那具布娃娃是我儿时

我就是喜欢这样松散而闲适的生活，
我不喜欢精密地分配时间，不喜欢紧张地安排节目。

最忠实的伴侣。那本毛笔日记，是七岁时被老师逼着写成的。那两支蜡烛，是我过二十岁生日的时候，同学为我插在蛋糕上的……我喜欢这些财富，以致每每整个晚上都在痴坐着，沉浸在许多快乐的回忆里。

我喜欢翻旧相片，喜欢看那个大眼睛长辫子的小女孩。我特别喜欢坐在摇篮里的那张，那么甜美无忧的时代！我常常想起母亲对我说："不管你们将来遭遇什么，总是回忆起来，你们还有一段快活的日子。"是的，我骄傲，我有一段快活的日子——不只是一段，我相信那是一生悠长的岁月。

我喜欢把旧作品一一检视，如果我看出以往作品的缺点，我就高兴得不能自抑——我在进步！我不是在停顿！这是我最快乐的事了，我喜欢进步！

我喜欢美丽的小装饰品，像耳环、项链和胸针。那样晶晶闪闪的、细细微微的、奇奇巧巧的。它们都躺在一个漂亮的小盒子里，炫耀着不同的美丽。我喜欢不时看看它们，把它们佩在我的身上。

我就是喜欢这样松散而闲适的生活，我不喜欢精密地分配时间，不喜欢紧张地安排节目。我喜欢许多不实用的东西，我喜欢充足的沉思时间。

我喜欢晴朗的礼拜天清晨，当低沉的圣乐冲击着教堂的四壁，我就忽然升入另一个境界，没有纷扰，没有战争，没有嫉恨与恼怒。人类的前途有了新的光芒，那种确切的信仰把我们带入更高的人生境界。

我喜欢在黄昏时来到小溪旁。四顾没有人，我便伸足入水——那被夕阳照得极艳丽的溪水，细沙从我趾间流过，某种白花的瓣儿随波漂去，一会儿就幻灭了——这才发现那实在不是什么白花瓣，只是一些被石块激起来的浪花罢了。坐着，坐着，好像天地间都流动着和暖的细流。低头沉吟，满溪红霞照得人眼花，一时简直觉得双足是浸在一钵花汁里呢！

我更喜欢没有水的河滩，长满了高及人肩的蔓草。日落时一眼望去，白石不尽，有着苍莽凄凉的意味。石块垒垒，把人心里慷慨的意绪也堆叠起来了。我喜欢那种情怀，好像在峡谷里听人喊秦腔，苍凉的余韵回转不绝。

我喜欢别人不注意的东西，像草坪上那株没有人理会的扁柏，那株瑟缩在高大龙柏之下的扁柏。每次我走过他的时候总要停下来，嗅一嗅那股儿清香，看一看他谦逊的神气。有时候我又怀疑他不是谦逊，因为也许他根本不觉得龙柏的存在。又或许他虽知道有龙柏存在，也不认为伟大与平凡有什么两样—— 事实上伟大与平凡的确也没有什么两样。

我喜欢朋友，喜欢在出其不意的时候去拜访他们。尤其喜欢在雨天去叩湿湿的大门，在落雨的窗前话旧是多么美。记得那次到中部去拜访芷的山居，我永不能忘记她看见我时的惊呼。当她连跑带跳地来迎接我，山上的阳光就似乎忽然炽燃起来了。我们走在向日葵的荫下，慢慢地倾谈着。那迷人的下午像一阕轻快的曲子，一会儿就奏完了。

我极喜欢，而又带着几分崇敬去喜欢的，便是海了。那辽阔，那淡远，都令我心折。而那雄壮的气象，那平稳的风范，以及那不可测的深沉，一直向人类做着无言的挑战。

我喜欢家，我从来还不知道自己会这样喜欢家。每当我从外面回来，一眼看到那窄窄的红门，我就觉得快乐而自豪，我有一个家，多么奇妙！

我也喜欢坐在窗前等他回家来。虽然过往的行人那样多，我总能分辨他的足音。那是很容易的，如果有一个脚步声，一入巷子就开始跑，而且听起来是沉重急速的大阔步，那就准是他回来了！我喜欢他把钥匙放进门锁中的声音，我喜欢听他一进门就喘着气喊我的英文名字。

我喜欢晚饭后坐在客厅里的时分。灯光如纱，轻轻地洒开。我喜欢听一些协奏曲，一面捧着细瓷的小茶壶暖手。当此之时，我就恍惚能够想象一些田园生活的悠闲。

我也喜欢户外的生活，我喜欢和他并排骑着自行车。当礼拜天早晨我们一起赴教堂的时候，两辆车子便并驰在黎明的道上。朝阳的金波向两旁溅开，我遂觉得那不是一辆脚踏车，而是一艘乘风破浪的飞艇，在无声的欢唱中滑行。我好像忽然又回到刚学会骑车的那个年龄，那样兴奋，那样快活，那样唯我独尊——我喜欢这样的时光。

我喜欢多雨的日子。我喜欢对着一盏昏灯听檐雨的奏鸣，

活成自己喜欢的样子是一种美好。

细雨如丝，如一天轻柔的叮咛。这时候我喜欢和他共撑一柄旧伞去散步。伞际垂下晶莹成串的水珠—— 一幅美丽的珍珠帘子。于是伞下开始有我们宁静隔绝的世界，伞下缭绕着我们成串的往事。

我喜欢在读完一章书后仰起脸来和他说话，我喜欢假想许多事情。

"如果我先死了，"我平静地说着，心底却泛起无端的哀愁，"你要怎么样呢？"

"别说傻话，你这憨孩子。"

"我喜欢知道，你一定要告诉我，如果我先死了，你要怎么办？"

他望着我，神色愀然。

"我要离开这里，到很远的地方去。去做什么，我也不知道。总之，是很遥远的很蛮荒的地方。"

"你要离开这屋子吗？"我急切地问，环视着被**佈**置得像一片紫色梦谷的小屋。我的心在想象中感到一种剧烈的痛楚。

"不，我要拼著命去赚很多钱，买下这栋房子。"他慢慢地说，声音忽然变得凄怆而低沉。

"让每一样东西像原来那样被保持着。哦，不，我们还是别说这些傻话吧！"

我忍不住清泪泫然了，我不明白，为什么我喜欢问这样的问题。

"哦，不要痴了，"他安慰着我，"我们会一起死去的。想想，多美，我们要相偕着去参加天国的盛会呢！"

我喜欢相信他的话，我喜欢想象和他一同跨入永恒。

我也喜欢独自想象老去的日子，那时候必是很美的。就好像夕晖满天的景象一样。那时候再没有什么可争夺的，可留连的。一切都淡了，都远了，都漠然无介于心了。那时候智慧深邃又明彻，爱情渐渐醇化，生命也开始慢慢蜕变，好进入另一个安静美丽的世界。啊，那时候，那时候，当我抬头看到精金的大道，碧玉的城门，以及千万只迎接我的号角，我必定是很激励而又很满足的。

我喜欢，我喜欢，这一切我都深深地喜欢！我喜欢能在我心里充满着这样多的喜欢！

张晓风　　总有一句话，让我们瞬间长大。

已出版作品：
《岁月在，我在》
《你真好，你就像我少年伊辰》等

遇到更宽阔的自己

◢ 艾小羊 / 文

一种生活过得顺利，就会安逸，而有时候，安逸是一个陷阱，让一天天一年年，如同飓风吹动的白云一样，汹涌而去。

当写作慢慢成为一种习惯，安逸就成了我的陷阱。每逢天气恶劣，微信朋友圈关于上班路上坏天气的吐槽不断时，我沾沾自喜于自己完全不必出门。这样的自我陶醉，起初是喜悦，渐渐却成了习惯。幸福固然还在，却从一条宽丝带变成了细丝线，对于幸福的钝感越来越强，好像世界上只有一种生活，就是我已经得到的。

逐渐意识到自己拐上了一条小路时，我决定开一间咖啡店。与那些梦想开咖啡店，并且觉得咖啡店就是他们的世外桃源的人不同，我从一开始就明白，所谓世外桃源是你坐在咖啡店里消费，而并非身体力行地去开一间咖啡店。

所谓一生活过几生，关键的问题不在长度而在宽度，
勇敢地选择不一样的生活，
多一次冒险，就多一次体验不同人生的机会。

开店之前的十年，我的作息时间是晚上十点入睡，早晨六点起床，对于晚上十点以后的世界鲜有认知。既然每个人都活在自己的偏见中，我的字典里十点之后便是梦乡。开店以后，十点上床便由习惯变成了奢侈，另外一种生活、另外一个世界光鲜闪亮地出现在我面前。

距离咖啡馆不远处有一间副食店，一对四十岁左右的夫妻带着一个七八岁的小女孩，一间小店养一家人。虽然门面仅仅两三米宽，经营最常见的烟酒副食与饮料，它却每天晚上营业到凌晨两三点钟。白天女主人守店，晚上换班男主人。男人光头，肌肉发达，热爱搏击。当我凌晨时分离开咖啡馆，可以看到小副食店的白炽灯顽固地亮着，他站在灯下，面对一台小电视机，挥舞臂膀，吼吼哈哈。他大约是李小龙的粉丝，即使在最冷的冬夜，也光着膀子，于市井深处虎虎生威。

困守在小店一隅，原本是一件枯燥无聊的事情，然而因为有一个大侠梦，并且他日复一日、身体力行地进行着这个角色的扮演，他的人生便像一部电视剧，分成了两条线索，分饰了两个人的角色，由单行线变成了两车道。

在每天十点入睡的日子里，我并不知道夜晚的世界如此忙碌，这忙碌又与白日不同；白日的忙碌是眉头紧锁的，夜晚的忙碌则是热乎乎的。我像一个初到陌生世界的孩童一样，好奇于那对凌晨三点出来遛狗的老年夫妇，那只"萨摩耶"洗得干干净净，雪球似的跑在前面；他们穿着夹棉家居服，快步跟在后面，精神矍铄，没有倦态。

我也好奇于那家每晚营业到凌晨四点的烧烤摊，夫妇俩乖巧的儿子大学毕业后在家帮父母做事，为附近酒吧、咖啡馆的客人送外卖，烧烤摊生意火爆，儿子虽然放弃了大学所学的专业，脸上也洋溢着一个前途光明的年轻人应有的安静祥和。

我还好奇 24 小时营业的兰州拉面馆，深夜经过时，店里总是没有生意，然而在街灯昏黄的路上，它的招牌闪亮。回族女主人戴着特殊的头饰，坐在门口的板凳上，张望人烟稀少的街道；她的身后，冒着蒸汽的大锅维持着没有客人的店铺以及寒气袭人的深夜的温暖。

我认识了夜晚的城市，也认识了咖啡馆形形色色的客人，原来，在我不知道的角落里，有另外一种生活。

我捡起在散漫的自由生活中丢失掉的时间观念，也捡起了更多了解这个世界的热情。**所谓一生活过几生，关键的问题不在长度而在宽度，勇敢地选择不一样的生活，多一次冒险，就多一次体验不同人生的机会。**

歌手李健在写他自己。清华男毕业之后，顺理成章进了稳定的单位，有一份稳定的工作。前方的路像一条清晨的单行线，清晰可辨。然而他却在某一天，辞职去做歌手。他的人生开始宽阔起来。对于他人来说，他是因为有了今天，所以那一天的选择是辉煌的。而对于他自己而言，即使没有今日的万众瞩目，那一天的选择也是正确的，因为他开始了另外一种人生的可能

当一切都很好，我们为什么还要选择改变？

为了另外一种生活的可能性，为了更宽广的人生。

性，遇到了更宽阔的自己。

为什么要开一个咖啡馆，不觉得琐碎吗？你的生活已经很稳定了，为什么还要改变，不觉得冒险吗？面对这样的疑问时，我愿意向他们讲讲春天院子里的花草。

在刚过去的这个冬天里，我时不时会去折一根红枫或榆树的枝条，感受它们枯枝中的水分，否则我忍不住怀疑它们已经死了。然后忽然，几乎一夜之间，每一个枝丫上面都爬着细叶，争先恐后地追赶春风。因为花草树木是咖啡馆不可或缺的一部分，我学习了园艺知识，惦记它们，侍弄它们，同时羡慕它们对这个世界求之甚少，羡慕它们踏着不变的步伐却永远饱含着热情与欢喜。同样的情绪，也付给了院子里的锦鲤与鹩哥。

人，生而懒惰，由职业而催生的兴趣爱好最为长久。新鲜的职业促使我去学习新鲜的技能，对生活有了新鲜的情绪。虽然也增加了一些新鲜的烦恼，既然烦恼如呼吸，如影随形，新烦恼其实远远好过老烦恼。

中国古语云，穷则思变。当物质困乏所造成的"穷"，变得不再紧迫时，精神世界的匮乏、人生经历的缺乏，大约可算作另外一种"穷"，同样可以造成思变的效果。思变的结果，有人转头扎入羊肠小道，像那位在天涯上发帖的上海男人，与太太一起，不工作，不生孩子，不买衣服，不旅行，每天待在家里上网，全年家庭开支两万元。单调的生活若能沉下心来，便可成为简单的生活，然而这终究是一条小众路线。

更适宜大多数人的康庄大道是力所能及地选择更加入世与丰富的生活，了解这个世界的趣与好，兴致勃勃的人生往往比急功近利的人生更加稳妥，因为前者享受过程，而后者享受结果。过程我们容易掌控，而结果，有一半的投票权掌握在上帝手中。

当一切都很好，我们为什么还要选择改变？为了另外一种生活的可能性，为了更宽广的人生。

艾小羊

每天静下心来做一件事，就是我们的诗与远方，也就是人生的 LV。

已出版：
《我不过无比正确的生活》
《用女人的方式赢世界：从优秀到优雅》等

发芽的心情

▲ 林清玄 / 文

有一年，我在武陵农场打工，为果农收成水蜜桃与水梨。那时候是冬天了，清晨起来要换上厚重的棉衣，因为山中的空气格外有一种清澈的冷，深深地呼吸时，凉沁的空气就涨满了整个胸肺。

我住在农人的仓库里，清晨挑起箩筐到果园子里去，薄雾正在果树间流动，等待太阳出来时往山边散去。在薄雾中，由于枝丫间的叶子稀疏，可以清楚地看见那些饱满圆熟的果实，从雾里浮凸出来，青鲜的还挂着夜之露水的果子，如同刚洗过一个干净的澡。

雾掠过果树，像一条广大的河流般，这时阳光正巧洒下满地的金线，果实的颜色露出来了，梨子透明一般，几乎能看见表皮内部的水分。成熟的水蜜桃有一种粉状的红，在绿色的背景中，那微微的红如鸡心石一样，流动着一棵树的血液。

我最喜欢清晨曦光初见的时刻。那时一天的劳动刚要开始，心里感觉到要开始劳动的喜悦，而且面对一片昨天采摘时还青涩的果子，经过夜的洗礼，竟已成熟了，可以深切地感觉到生命的跃动，知道每一株果树全有着使果子成长的力量。我小心地将水蜜桃采下，放在已铺满软纸的箩筐里，手里能感觉到水蜜桃的重量，以及那充满甜水的内部质地。捧在手中的水蜜桃，虽已离开了它的树枝，却像一株果树的心。

采摘水蜜桃和梨子原不是粗重的工作，可是到了中午，全身大致已经汗湿，中午冬日的暖阳使人不得不脱去外面的棉衣。这样轻微的劳作为何会让人汗流浃背呢？有时我这样想着。后来找到的原因是：水蜜桃与水梨虽不粗重，但它们那样容易受伤，非得全神贯注不可——全神贯注也算是我们对大地生养的果实一种应有的尊重吧！

才一个月的时间，我们差不多把果园中的果实完全采尽了，工人们全散工转回山下，我却爱上那里的水土，经过果园主人的准许，答应让我在仓库里一直住到春天。能够在山上过冬是我意想不到的事，那时候我早已从学校毕业，正等待着服兵役的集会，由于无事，心情差不多放松下来了。我向附近的人借到一副钓具，空闲的时候就坐着嘈杂的客运车，到雾社的碧湖去徜徉一天，偶尔能钓到几条小鱼，通常只是看饱了风景。

有时候我坐车到庐山去洗温泉，然后在温泉岩石上晒一个下午的太阳；有时侯则到比较近的梨山，在小街上散步，看那些远从山下来赏冬景的游客。夜间一个人在仓库里，生起小小的煤炉，饮一壶烧酒，然后躺在床上，细细地听着窗外山风吹过林木的声音，才深深觉得自己是完全自由的人，是在自然与大地工作过、静心等候春天的人。

采摘过的果园并不因此就放了假，果园主人还是每天到园子里去，做一些整理剪枝除草的工作，尤其是剪枝，需要长期的经验和技术，听说光是剪枝一项，就会影响到明年的收成。我四处游历告一段落，有一天到园子去帮忙整理，我目见的园中景象令我大大的吃惊。因为就在一个月前曾结满累累果实的园子此时全像枯去了一般，不但没有了果实，连过去挂在树枝尾端的叶子也都凋落净尽，只有一两株果树上，还留着一片焦黄的在风中抖颤的随时要落在地上的黄叶。

园子中的落叶几乎铺满，走在上面寒宰有声，每一步都把落叶踩裂，碎在泥地上。我并不是不知道冬天树叶会落尽的道理，但是对于生长在南部的孩子，树总是常绿的，看到一片枯树反而觉得有些反常。

我静静地立在园中，环目四顾，看那些我曾为它们的生命、为它们的果实而感动过的果树，如今充满了肃杀之气，我不禁在心中轻轻地叹息起来。同样的阳光、同样的雾，却洒在不同的景象之上。

曾经雇用我的主人，不能明白我的感伤，走过来拍拍我的

做一个静心等候春天的人。

肩，说："怎么了？站在这里发呆？""真没想到才几天的工夫，叶子全落尽了。"我说。"当然了，今年不落尽叶子，明年就长不出新叶了，没有新叶，果子不知道要长在哪里呢！"园主人说。

然后他带领我在园中穿梭，手里拿着一把利剪，告诉我如何剪除那些已经没有生长力的树枝。他说那是一种割舍，因为长得太密的枝干，明年固然能结出许多果子，但一棵果树的力量是一定的，太多的树枝可能结出太多的果，但会使所有的果都长得不好，经过剪除，就能大致把握明年的果实。我虽然感觉到那对一棵树的完整有伤害，但一棵果树不就是为了结果吗？为了结出更好的果，母株总要有所牺牲。

我看到有的拇指粗细的枝干被剪落，还流着白色的汁液，我问："如果不剪枝呢？"

园主人说："你看过山地里野生的芭乐吗？它的果子会一年比一年小，等到树枝长得太盛，根本就不能结果了。"

我们在果园里忙碌地剪枝除草，全是为了明年的春天做着准备。春天，在冬日的冷风中感觉起来是十分遥远的日子，但是当拔草的时候，看到那些在冬天也顽强抽芽的小草，似乎春天就在那深深的土地里，随时等候着涌冒出来。

果然，让我们等到了春天。

其实说是春天还嫌早，因为气温仍然冰冷一如前日。我到园子去的时候，发现果树像约定好的一样，几乎都抽出绒毛一样的绿芽，那些绒绒的绿昨夜刚从母亲的枝干挣脱出来，初面人世，每一片都绿得像透明的绿水晶，抖颤地睁开了眼睛。我看到尤其是初剪枝的地方，芽抽得特别早，也特别鲜明，仿佛是在补偿着母亲的阵痛。我在果树前深深地受到了感动，好像我也感觉了那抽芽的心情。那是一种春天的心情，只有在最深的土地中才能探知。

我无法抑制心中的兴奋与感动，每天第一件事就是跑去园子，看那些喧哗的芽一片片长成绿色的叶子，并且有的还长出嫩绿的枝丫，逐渐在野风中转成褐色。有时候，我一天去看好几次，感觉黄昏的落日里，叶子长得比当日黎明要大得多。那是一种奇妙的观察，确实能知道春天的讯息。春天原来是无形的，可是借着树上的叶、草上的花，我们竟能真切地触摸到春天！冬天与春天不是天上的两颗星那样遥远，而是同一株树上的两片叶子，那样密结地跨着步。

我离开农场的时候，春阳和煦，人也能感觉到春天的肤触了。园子里的果树也差不多长出整树的叶子，但是有两株果树却没有发出新芽，枝丫枯干，一碰就断落，它们已经在冬天里枯干了。

果园的主人告诉我，每一年过了冬季，总有一些果树就那样死去了，有些当年还结过好果的树也不例外。他也想不出什么原因，只说："果树和人一样也有寿命的，短寿的可能未长果就夭折，有的活了五年，有的活了十几年，真是说不准的。奇怪的是，果树的死亡真没有什么征兆，有的明明果子长得好好

只有永远保持春天的心情等待发芽的人，
才能勇敢地过冬。

的，却就那样地死去了……"

"真是奇怪，这些果树是同时播种，长在同一片土地上，受到相同的照顾，种类也都一样，为什么有的到了冬天以后就活不过来呢？"我问着。

我们都不能解开这个谜题，站在树前互相对望。夜里，我为这个问题而想得失眠了。果树在冬天落尽叶子，为何有的在春天不能复活呢？园子里的果树都还年轻，不应该这样就死去的。

"是不是有的果树不是不能复活，而是不肯活下去呢？就像有一些人失去了生的意志而自杀了？或者说在春天里发芽也要心情，那些强悍的树被剪枝，它们用发芽来补偿，而比较柔弱的树被剪枝，则伤心得失去了对春天的期待与心情。树，是不是有心情的呢？"我这样反复地询问自己，知道难以找到答案，因为我只看到树的外观，不能了解树的心情。就像我从树身上知道了春的讯息，而我并不完全了解春天。

我想到，人世间的波折其实也和果树一样。有时候我们面临了冬天的肃杀，却还要被剪去枝丫，甚至流下了心里的汁液。有那些懦弱的，他就不能等到春天，只有永远保持春天的心情等待发芽的人，才能勇敢地过冬，才能在流血之后还能繁叶满树，然后结出比剪枝前更好的果。

多年以来，我心中时常浮现出那两株枯去的水蜜桃树，尤其是受到什么无情的波折与打击时，那两株原本无关紧要的树，它们的枯枝就像两座生铁的雕塑，从我的心中撑举出来，我就对自己说，跨过去，春天不远了，不要失去发芽的心情；而我果然就不会被冬寒与剪枝击败。虽然有时静夜想想，也会黯然流下泪来，但那些泪在一个新的春天来临时，往往成为最好的肥料。

林清玄　　活在苦中，活在乐里；活在盛放，也活在凋谢；活在烦恼，也活在智慧；活在不安，也活在止息。这是面对苦难的生命最好的方法。

已出版：
《咸也好，淡也好》
《在这坚硬的世界里，修得一颗柔软心》等

令你为难的事，越早拒绝越好

◢ 晚情 / 文

年前我和先生宴请我娘家人，席间一位亲戚问我新买的房子装修好了没，什么时候请大家去看看。我说有些细节没弄好，还没搬进去呢！

我妈想也不想地接口道："快好了，我去过，数了数房间有十几个呢，等她弄好，你就带着孩子过去玩，晚上就睡在那儿。"

先生一听，顿时愣了，一脸惊恐地看着我。

我压抑住心里的怒气，笑得很温和，但语气是不容商量的坚决："我们家从来没有留宿客人的习惯，一般有客人来就住隔壁的喜来登酒店，走过去不到五分钟。"

于是，换我妈的脸色变得很难看了，我没有理她。这种事情已经不是第一次，我早已再三表明：在我们家，必然是我和先生做主，任何人想越过我们做我们的主，我绝不可能答应。

回到酒店，先生担心地问我，我妈会不会生气。我反问他："那你愿意以后我们家变成招待所吗？"

先生说那当然不愿意了，想想都觉得恐怖。

在当时的场合下，我若不吭声，那就是默许，代价就是以后的生活和自由都被严重破坏，直到我自己再也不愿承受为止。**迟早要拒绝的事，不如一开始就说清楚。**

我的大姑姑，便是最好的前车之鉴。

八十年代时，我出生的小县城基本上没什么人种地了，大多数人或者上班或者自己开始做小生意，但在风俗上，其实更接近农村。

我大姑姑属于吃苦耐劳、头脑灵活的人，我在七岁时，她就在市中心买了一套商品房，全家都搬到市里去住了。当时周围好多人都羡慕她，因为她家是我们那里第一个买商品房的人。

但是，麻烦随之而来，几乎所有亲戚以及平时关系比较好的邻居都把她家当成了据点。当时，大家去市里逛街，午饭肯定去她那里吃，遇到生病、高考或者其他事，就会自然而然地留宿，在我的印象中，她们家的次卧，基本上隔三岔五就会有人来睡，小我四岁的表弟，永远只能跟着父母睡在主卧里。

那时候，也是我大姑姑事业最忙的时候，每天一大早就要过去看店，晚上也要忙到很晚，记忆中，她家很少开伙，都是在外面买快餐解决的，因为没时间做饭。

但每次有人来时，这个规律就要打破，总不能叫客人吃快餐，于是，买菜、做饭，那时候还不是很流行去饭馆，何况来客的频率太高，这也是一笔不小的开支，我姑姑舍不得。

但凡自己从小到大做生意的人，都舍不得这样花钱，时间长了，我姑姑自然不乐意了，有客人来，她都会想尽办法推托，不是说要去进货，就是说自己病了，但这样的借口也无法常用，所以她还是得继续招待亲戚朋友。

但她心里有了抵触，便不可能再有太多的热情，往往就是不得已应付一下，也绝不会很热情、很真诚地挽留客人吃下一顿饭或者留宿，于是，那些亲戚对她渐渐就有了意见。

在她没结婚时，她几乎每天都和我在一起，那时候我只有几岁，我的数学和诗词几乎都是她未嫁时教的。每到暑假，她就会来接我过去住，因为我去了，她就有借口告诉其他亲戚："我侄女在，家里住不下了。"

也是那段时间，我亲眼看着她每天有多忙，有多累，有时候几乎连喝水的时间都没有，我也是跟着她吃快餐的。没人的时候，她就会跟我抱怨："你看见姑姑有多忙了吧？他们总觉得我天天都闲着，就等着他们来，不是今天这个来，就是明天那个来，我真的快烦死了。"

而我平时大部分时间住在小县城里，所以那些亲戚和邻居的反应，自然听得更多。我不止一次听到他们对我说："你姑姑这个人太自私，太顾己，你长大了可千万别像她哦。"

也经常听见亲戚们聚会时，毫无顾忌地谴责她："前几天我

迟早要拒绝的事，不如一开始就说清楚。

儿子生病，我住在阿凤（大姑姑的名字）家里了，他们两口子都不太热情，话也不多，说实话，要不是我儿子生病，就算请我去，我都不愿意去呢！"

另一个接口道："上次我去逛街，午饭也在她家吃的，她也没说吃完晚饭再走，我就自己回来了，阿凤她家确实不太热情，尤其她老公，闷声不吭的，让人觉得很不舒服。"

然后会有人总结："哎呀，你们呀，人家现在是城里人，是老板，忙着赚钱，忙着和有钱人打交道呢，我们这些穷亲戚人家哪看在眼里啊，今天你要是市长、局长的过去，保证人家无比热情地招待你。"

当时我年纪虽小，但永远不会忘记他们的表情。有时候，我看不过去，会说："既然你们这么不满，那就别去了啊！"

但，他们不满是一回事，不去打扰那是不可能的。我妈警告我别胡说八道，因为连她对大姑姑也很不满，觉得她照顾娘家人太少了。

小时候的我，从不两边传话，但我会在大姑姑抱怨时，对她说："那你就索性不管啊，管自己就好了。"

她会看我一眼，郁闷地说："怎么不管？又不能断绝往来。"

所以，她一边不满，一边继续做着自己不愿意做的事；而亲戚们，一边不满，一边继续打扰着她。二十几年下来，她视对方为累赘，而对方也视她为无情无义之人。

那时我就在想，如果是我，我会怎么做？我妈也问过我这个问题，我很干脆地说："我会在一开始就拒绝。"

当时她很生气地说："你也是个断六亲的人，和你大姑姑一样。"

我冷笑一声："我就是真断了六亲，你们又能奈我何？我可不像大姑姑，一边抱怨一边继续，我不会抱怨，但我绝不允许别人打扰我的生活。"

我很清楚，当时大姑姑不敢拒绝是因为怕亲戚们的不满和指责，所以即使她再不愿意，也强迫自己去做，但结果是相互嫌弃。如果她现在开始拒绝会怎么样呢？结局不外乎如此：让原先对她不满的人，更加不满。

可以说，她这二十几年来的周旋，除了得到不满外，什么都没有。但如果当时她在最初就拒绝的话，和亲戚们的关系并不会比现在差，而且，她能保住自己的生活。

饭局结束的第二天，她打电话给我："还是你有魄力，敢当面就拒绝，你就不怕他们说你？"

我笑得无比爽朗："以你对我的了解，你觉得我会在意吗？"

电话那头，她久久没有言语，不知道是否在想这二十几年来的点点滴滴。

前几天，有位四十五岁的读者给我讲了她的故事。

她说父母从小就管她很严，非常强势，后来，她考上了重点大学，毕业后进入外企，收入不错。一年后，就遇到了一个各方面条件都不错的男人，顺利恋爱结婚。由于老公的收入很高，两人按揭买了一幢别墅，日子充满希望。

但自从他们买了别墅后，父母就很想搬来一起住，她不敢拒绝，她老公不好意思拒绝，于是，她爸妈就住下了。

这一住，就是十年，由于她爸妈强势惯了，自从搬到她家后，这个家的主人就变成了他们，他们夫妻的行为必须符合他们的要求，比如大夏天不准开空调，因为老人不怕热。家里的大小事情都必须由他们做主，包括孩子的教育，家庭的开支。

她老公非常郁闷，几次提出希望她父母搬走，但她不敢跟父母提，一直拖着。她父母见女婿不像以前热情，对他也很有意见，家里一直充满了冷暴力。在第七年的时候，她老公很严肃地提出，希望她父母搬回自己家，否则婚姻不保。

她试探着跟父母提了一下，结果被骂得狗血淋头，大骂她忘恩负义，抛弃自己的父母，并且以最快的速度把老家的房子卖了，向她表明："现在我们没房子住了，如果你要让我们流落街头，你就看着办吧！"

到了这个地步，她自然不能再要求父母搬走，只能安抚老公，但家里的氛围越来越冰。

在第十年时，她老公非常坚决地提出离婚，表示什么都不要，只求离婚。她大惊，拼命挽回，表示只要老公不离婚，她一定送走父母。她老公说太迟了，就算你现在送走了，我们的感情也回不去了，这些年，我心里已经积累了太多的怨气，以后的日子，我想过得舒心一点。

不管她如何挽回，对方都坚决离婚，并说："如果三年前，

会令你为难的人，本身也不见得有多在乎你，如果一件事，
一开始就令你不舒服，那么，越早拒绝越好，
拖到必须解决的那一刻，也许你就只能断尾求生了。

你就肯解决这个问题，我们的婚姻还有救，现在已经太迟了。"

男人离婚的决心无比坚定，她不得已离了婚。平心而论，她也清楚这些年，老公实在受了太多的委屈，连自己赚的钱如何花，都要被她父母干涉，能忍十年，已经不是一般男人能够做到的。

离婚后，她父母对男人破口大骂，她悲愤不已："如果不是你们，我们会走到今天吗？"

她妈甩了她一耳光，对她大骂："你个没脑子的东西，跟你离婚的是他，只有我们才不会抛弃你。"

她对父母充满了怨恨，三人大吵一场，父母一气之下搬到酒店去住了。

她问我，她到底做错了什么，为什么会落到两边都不讨好的下场。

这世上，有很多人认为：只要拒绝了父母的要求，就是不孝，从来不去辨别父母的要求是否合理；也有很多人认为：只要拒绝了朋友的要求，就是不讲情谊，从来不去思考这个要求是否超出了自己的能力范围。

于是，违心地答应，逼自己去履行，牺牲了自己的生活，消磨了自己的耐心，原本想维护的关系不但没有因此保住，反而快速消亡。任何一种关系的维系，一定是你情我愿，相互体谅，所有勉强自己的行为，都坚持不了太久。

　　请记住：会令你为难的人，本身也不见得有多在乎你，如果一件事，一开始就令你不舒服，那么，越早拒绝越好，拖到必须解决的那一刻，也许你就只能断尾求生了。

晚　情

人生苦短，总要按照自己喜欢的方式过一生，才算不枉此生。

已出版：
《且以情深共白头》
《做一个刚刚好的女子：不攀附，不将就》等

CHAPTER 2

愿你永远看得通透，
活得洒脱

人生就像一场众人的独欢，总有形形色色的人穿梭往来，总
会发生各种各样的事，而其中冷暖只有自己才能体会。只有
经过生活的洗礼，我们的内心才能渐渐丰盈，才能对生活有
更深层次的理解。

善良最能温暖世道

▲ 马德 / 文

善良是挂在心底里的一轮澄澈的明月，它照亮的，是一个人精神的天空。

一个一辈子行善的人，心底的月亮，已经超越了个人，升起在尘世寥廓的江天之上。它洞照的，是这个世界所有人的良心，以及灵魂的纯度。

这样的大善，看起来，似乎只是对被救助者境遇的改变。实际上，它改变的，是所有沐浴在月色中的人的心灵。

善念是一粒种子，善心是一朵花，善行是一枚果实。

每个人生下来的时候，都怀揣着这样一粒种子，它可以为一个人的一生长出最富人情味的奇葩。然而，有的人丢弃了它，逐渐变得冷漠；有的人玷辱了它，最后走向邪恶。

更多的人，内心都要散发出花的幽香，或恬淡，或浓郁，丝丝缕缕；飘散的，都是人性的芬芳。

善行的果实里，藏着这个世界最深沉的厚道，以及最醇厚的温暖。 生命的花园中，如果每一粒善念的种子，一心想着为他人长出温暖的果实，那么，这个世界必将是一个和谐有序的世界。

人与动物永远隔着一条不可逾越的鸿沟——人性。

这也是人与动物最根本的区别。从这个意义上讲，人类的尊严，是靠人性来支撑的。而在人性的体系中，善良是从精神的圆点出发的坐标，它所架构的是人的高贵。

没有谁不需要善良，也没有谁，不被善良感化。

即便是自私的人，尽管自己不愿为别人拿出善和爱来，却也希望在交往中，得到别人的善的呵护与抚慰。

即便是一颗坚硬如铁的心，坚船利炮攻不破，打不败，有时候，一丝善良，就可以把它温柔地感化。

夜晚的天幕上，缀满无数的星星。

这些星斗与我们相隔千万里，遥远得，我们永远无法触及。然而，每个晚上，一转身，一仰首，我们总能看到它们那熠熠的光辉。

善良的人的内心就像这星斗，他们远离喧嚣，蛰伏在寂静的远方。然而，这并不妨碍他们关注尘世。天上每一颗闪耀的星辉，都是善良的人，投向尘世的是不灭的悲悯目光。

善行的大小，并不决定于你拿出了多少金钱，干出了多么

一个一辈子行善的人，心底里的月亮，

已经超越了个人，升起在尘世寥廓的江天之上。

它洞照的，是这个世界所有人的良心，以及灵魂的纯度。

轰轰烈烈的事情，而是决定于对所施救的人境遇的改变以及对这个生命的最终影响。

从这个意义上讲，尽管你拿出的只是一元钱，只是一个关爱的眼神，所行的，依然是人间大善。

最高境界的行善，是不在意结果的。

也就是说，你施救于一个人，没必要苛求对方感恩；你帮助一个人，没必要等着对方报答。毕竟，行善不是往银行里存钱，所以不要想着连本带利的回报。

当然了，善良也有被欺骗被利用的时候。譬如，捐钱给一个落难的人，对方却是一个以行乞为生的骗子；救助一个倒在路上的老人，却被家属无辜赖上。这都是人性的恶在为非作歹，这不是善良的过错。

行善，永远不会错。

你拿出爱心来，无论给了什么人，无论最后是个什么结果，本质上，你都是一个天使。

马　德　别和往事过不去，因为它已经过去；别和世界过不去，因为你还要过下去。

已出版：
《允许自己虚度时光》
《当我放过自己的时候》等

感动你的不是别人，
永远都是自己

在路上，遇见不同的人和风景，总有许多感动，激励着我们不断前行。

——题记

◢ 天湖小舟 / 文

一

晚上十点，程可来电，说要去郑州吃夜宵。

我说："你有病吧，都半夜十点啦，大神。"

他语气强硬得很："三分钟下楼，否则，你家玻璃肯定碎一块。"

开窗一看，还真是程可的路虎。买这车的时候，他说，有血性的男人，都开路虎，城市里憋久了，都希望自己能像一匹野马一样驰骋在草原上。

程可，朱大嘴。我们三个是患难之交。男人活得不易，是因为哥们；男人活得潇洒，也是因为哥们。男人，要是没有一两个死党，岂不是了无生趣？

我问："大嘴呢？"

程可还是那语气："他呀，死不了，在车上候着你呢！"

陇海高架，一路向东，路灯在急速地后退，音乐燃烧着激情。

我们三个随着车载 CD 里张雨生的《大海》一同大声地唱道："如果大海能够换回曾经的爱，就让我用一生等待；如果深情往事你已不再留恋，就让它随风飘远……"

突然，程可驻车。他关掉了音乐，然后伏在方向盘上抽泣起来。

我和大嘴一脸迷茫，不知道怎么回事。但也都不敢说话，我捅了捅大嘴的胳膊轻声问："怎么了？"大嘴向我一摊手，摇了摇头。

过了好一会儿，程可抬起头，拿纸巾擦了擦眼睛和鼻子，说："好了，没事。"车子继续向前飞奔，只是，车里的空气不再轻松。

二

未来路，迪欧咖啡，我们三兄弟临窗而坐，一壶普洱，足矣。

程可打破了沉默。他说："今天是她的生日，十年前，她放弃了我们的爱，离开了我这个穷小子，跟了她母亲给她找的富二代。她的母亲曾对我说：'程可，你这么穷，你能保证她今后衣食无忧，你能保证她幸福一生？'面对未来，我真的手足无措，我选择了放手。那一夜，抱着她送我的猴公仔唱了一夜的《大海》。"

程可说的她是楚子楠。他俩恋爱那会儿，我和大嘴参与了全部的策划和资金支持，但是最终以失败告终。

那个时候，程可是我和大嘴的精神领袖，他的婚姻恋爱观直接影响我和大嘴的终身大事。当年，为了帮他追楚子楠，我们两个将不多的工资都借给了他，但都是肉包子打狗，一去不回。

程可说："你俩的钱，未来我会百倍偿还。"我们两个笑着："那估计都到猴年马月了吧？"

分手后没过多久，程可辞职了。我和大嘴都劝他，希望他能冷静些，在单位好歹旱涝保收，月月有工资入账，去外面打拼，可不是一件容易的事。程可说，像这种一眼能望得见未来的工作，他早就不想干了。然后，他决然离开，那是2007年春。

程可继续向我和大嘴借钱，最后干脆直接把我俩的工资卡没收了。他说："今后你们两个的吃喝拉撒就包给我了。"我和大嘴面面相觑，带着鄙视的表情说："你拿着我们两个的工资，说养活我们，也不害臊。"

感动你的不是别人，永远都是你自己。

程可开始在兴华市场租摊卖皮鞋，出租屋里，我和大嘴总是被他早上四点半的起床声弄醒，他要去郑州航海路鞋城进货，还要赶在八点之前回来摆摊。

那一年，他瘦了许多，冬天的风呼呼作响，我和大嘴到他的鞋摊上，看他穿的依旧是单鞋，鞋摊上的棉鞋他舍不得穿，他在不停地跺脚取暖。

2009 年，程可在这个城市最繁华的地段租了门面房，他和收银员小贝结了婚。

夏天，我们三个开始坐在程可的小办公室享受冷风的滋润。大嘴还是那么好吃嘴，他来的时候就在小摊上买些炸鸡串和花生、毛豆，再拎两提冰镇啤酒。程可一沾酒就多，喝得脸红脖子粗，他站了起来，手里举着一罐啤酒，说："这一罐，我干了，这么多年了，只有你俩对我程可不离不弃，我很感动。"然后他一仰头，拿着啤酒往肚子里灌，啤酒花顺着他的脖子往下流，我看见他的泪水也流了下来。

我说："程可，感动你的不是别人，永远都是你自己。从辞职到现在，你的付出我们都看得见，你活得那么坚强而有韧性，你应该感谢你自己。"

我们三个相拥而泣。

在路上，遇见不同的人和风景，总有许多感动，激励着我们不断前行。

三

程可开始鼓动我俩，说："在单位耗着，毫无意义，出来闯闯吧，人这一辈子不容易，要让未来的那个你，感谢现在努力的自己。"

有过犹豫，有过动心，但我依然没有离开。大嘴辞职了，是在 2012 年。这一年，电商崛起，实体店经营举步维艰，程可转让了鞋店，他和大嘴成立了大嘴广告公司。开业当天，我去了，大嘴对我说："程总说了，聘请你为公司艺术顾问。"我同意了，没有拒绝。

以后的几年，房地产市场一路高歌猛进，房地产广告也随之风起云涌，城市的路灯杆子、十字路口、工地围挡、花园楼宇都横七竖八地飘扬着大嘴广告。

不管是深夜还是凌晨，我经常在不同的地点看到程可和大嘴忙碌的身影，好几次在大街上碰到他俩，都是胡子拉碴的，他俩忙的时候可能一天就吃一顿饭，还是泡面和矿泉水。

中原路工地围挡下，十月正午，我们三个席地而坐，他俩穿着迷彩服，几人高的围挡留下阴凉给我们，秋风正好送来果实的香气，大嘴又招呼工人去拿了几根老冰棍，我们孩子似的吃着，仿佛又回到了学生时候的打工时代。

在这个谈梦想似乎有些衰老的年龄，我们竟然坐在裸露的黄土地上，回忆年轻时候一起走过的青涩岁月，那里有荣光，

愿我们在最好的青春年华里成为更好的自己，
愿我们在年华老去之后，不会鄙视当年的自己！

有迷茫，有快乐，有彷徨，经历岁月，走过人海，今天，我们能做的就是不悲伤，不仰望。

大嘴用拳头击打着地面，他兴奋地说："出来这步棋真是走对了，干多干少都是给自己干，累死也值得。"程可笑着说："周哥，我们打算去海南，到时候你请个假，带着老爹老娘、老婆孩子一起去。"

2015 年春节，我们三家一行十余人，从郑州到三亚。

脚丫踩在海边的沙滩上，柔柔的，暖暖的，我们坐在沙滩上听海听浪，城市的灯光倒映在看不见的海面上，一晃一晃地韵动。

程可说："我应该感谢她的，是她让我活出了一个男人的模样。"

我和大嘴不言不语，但我们心里清楚，即使没有楚子楠，还会有其他的"李子楠""陈子楠"出现；即使当初楚子楠选择了程可，他也不会甘于平庸，也不会止于等闲，他的生命就像一束灿烂之花，注定尽情绽放。

三个啤酒瓶相碰的那一刻，我说："何必谢她，应该谢你自己。"

老人和孩子在不远处，与沙滩与海浪融为一体，或安静或奔放，自由自在，我们很欣慰。

也许，这才是我们应该享受的生活。

四

时光交错，空间轮回。2016 年 6 月，猴年马月真的到了。

程可打开他的钱包，掏出一张纸条，上面有两句话，一句是问话：我成为什么样的人，你才会嫁给我？一句是答话：身价 500 万。一个笔迹是程可的，一个笔迹是楚子楠的。

程可拿出火机点燃了那张纸条，红色火苗映着他眼角的泪，滴落，终成灰烬。

也许，忘记一段故事，就是开始一次新生；删除一段过往，就是重启一次人生。

入夜，打烊，返程。一切仿佛要回到从前，一切仿佛又重新开始。

这个世界就是这么奇妙，你想活成什么样子是你的选择，他人无法干涉，只要你肯努力、肯坚持，终有一天，都将如你所愿。

其实，感动你的不是别人，永远都是自己，自己才是自己的救世主，Only by our own arduous efforts can we succeed。愿我们在最好的青春年华里成为更好的自己，愿我们在年华老去之后，不会鄙视当年的自己！

天湖小舟

也许，忘记一段故事，就是开始一次新生；删除一段过往，就是重启一次人生。

每个人都有最合宜的位置

▲ 周国平 / 文

　　我相信，每一个人降生到这个世界上来，一定有一个对于他最合宜的位置，这个位置仿佛是在他降生时就给他准备好了，只等他有一天来认领。

　　我还相信，这个位置既然仅仅对于他是最合宜的，别人就无法与他竞争，如果他不认领，这个位置就只是浪费掉了，而并不是被别人占据了。

　　我之所以有这样的信念，是因为我相信，上帝造人不会把两个人造得完全一样，每一个人的禀赋都是独特的，由此决定了能使其禀赋和价值得到最佳实现的那个位置也必然是独特的。

　　然而，一个人要找到这个对于他最合宜的位置，却又殊不容易。

　　环境的限制，命运的捉弄，都可能阻碍他走向这个位置。

在人生的一定阶段，
一个人必须知道自己是怎样的人，到底想要什么。

即使客观上不存在重大困难，由于心智的糊涂和欲望的蒙蔽，他仍可能在远离这个位置的地方徘徊乃至折腾。尤其在今天这个充满诱惑的时代，不少人奋力争夺名利场上的位置，甚至压根儿没想到世界上其实有一个仅仅属于他的位置，而那个位置始终空着。

我相信，从理论上说，每一个人的禀赋和能力的基本性质是早已确定的，因此，在这个世界上必定有一种最适合他的事业，一个最适合他的领域。

当然，在实践中，他能否找到这个领域，从事这种事业，不免会受客观情势的制约。但是，自己应该有一种自觉，尽量缩短寻找的过程。在人生的一定阶段，一个人必须知道自己是怎样的人，到底想要什么。

人的禀赋各不相同，共同的是，一个位置对于自己是否最合宜，标准不是看社会上有多少人争夺它，眼红它，而应该去问自己的生命和灵魂，看它们是否真正感到快乐。

我们活在世上，必须知道自己究竟想要什么。一个人认清了他在这世界上要做的事情，并且在认真地做着这些事情，他就会获得一种内在的平静和充实。

在商场里，有的人总是朝人多的地方挤，去抢购大家都在买的东西，结果买了许多自己不需要的东西，还为没有买到另外许多自己不需要的东西而痛苦。那些不知道自己究竟想要什么的人，就生活在同样可悲的境况中。

世界无限广阔，诱惑永无止境，然而，属于每一个人的现实可能性终究是有限的。

你不妨对一切可能性保持着开放的心态，因为那是人生魅力的源泉，但同时你也要早一些在世界之海上抛下自己的锚，找到最适合自己的领域。

一个人不论伟大还是平凡，只要他顺应自己的天性，找到了自己真正喜欢做的事，并且一心把自己喜欢做的事做得尽善尽美，他在这个世界上就有了牢不可破的家园。

于是，他不但会有足够的勇气去承受外界的压力，而且会有足够的清醒来面对形形色色的机会的诱惑。

一个人应该认清自己的天性，知道自己究竟是什么样的人，从而过最适合于他的天性的生活，对他而言这就是最好的生活。明乎此，他就不会在喧闹的人世间迷失方向了。

周国平

一个不曾用自己的脚在路上踩下脚印的人，不会找到一条真正属于自己的路。

已出版：

《幸福是一种能力》

《每个生命都要结伴而行》等

活得漂亮，
才会被这个世界温柔相待

▲ 王珣 / 文

　　我在西藏旅行的时候认识了 Amy，一个 38 岁的香港女孩，之所以还称其为"女孩"，是因为她不论身材和颜值，不论声音还是神态，都美好如少女。我们几个旅伴一起租车去圣湖纳木错，出发之前商议着要带些水果、吃食，Amy 却已经把购物清单和去哪里购买弄得清清楚楚，而且精打细算到让我目瞪口呆。原来，她从高中起就利用一切假期外出旅行，如今一个人已经跑遍了大半个世界。本科毕业于香港中文大学，又在欧洲名校读完了硕士、博士。她就职过的公司几乎都是名门，拿高薪休长假，还辞职去非洲做了一年志愿者，在埃博拉病毒肆虐的地方救助饥民、孩童。

　　Amy 在旅途中的"矫情"也让旅伴们刮目相看，大家在车里吃东西她立马会拿出垃圾袋，一个纸头都会仔细收集起来带回拉萨再扔。她吃东西极为自律和简单，一直保持少女的身材，不论好吃的还是不好吃的，她的那份一定吃完绝不浪费。

纳木错露营的那一夜外面下起了雨，雨打帐篷叮叮咚咚，我们几个人顿时觉得心旷神怡。Amy 居然又变魔术般拿出薯片、巧克力和盒装奶茶之类的零食，为我们的圣湖之旅平添了更浪漫的记忆。她从本科开始就靠自己打工支付读书和旅行的费用，她真真实实地读了万卷书又行了万里路。她说："不会生活读再多的书都没用，没有爱走遍世界也没用。用生活里学到的东西再去读书，书中的智慧才会成为自己的智慧；懂得爱社会爱别人，世界其实就在家里家外、地铁上、餐厅里和街头人群中。"

一位真正见多识广的女孩，身上闪烁出的却是自律而谦和的光芒；一位出身普通人家的女孩，却因为后天修炼人品贵重到能够影响到每一位路人。也许很多人看到这会觉得 Amy 一定是单身吧，所以才会有那么多的时间读书、旅行、做志愿者，所谓平常女子没她那种经历的，早已经在柴米油盐中风干了梦想。38 岁能有 38 的样子就已经很不错了，有她那种经历的女子也常常是难嫁的，38 岁早就不可能再有什么少女心。

Amy30 岁结婚，育有两个儿女，先生毕业名校，她钱包

我一直认为，一个女子最精彩的生活，
莫过于在该干什么的年纪就去干什么。

里的照片上，先生高大帅气，儿女天真可爱。Amy 还是每年都会安排一次独自旅行，她说她的时间被严格划分，给家庭子女、工作事业、社会公益以及自己的时间，不会混淆也不会错过分毫。世间再优秀的女子都是有男人娶的，何况是像 Amy 这般满心温暖与大爱，外在表现却又是那般温柔与低调的人？

情无所归的女子到头来还是自己不够优秀，或是有着这样那样的毛病，只是这种矫情却非是对自己的高要求，全是对别人的挑剔不满。Amy 说："懂得放弃和改变的女子，都能一辈子做女孩，看到更多别人看不到的美好，遇到更多原本和我们一样善良的人。"

Amy 为很多人做过很多事，却从未表现出强者对于弱小居高临下的施舍，而是处处平等的关爱与尊重，给予帮助还要向对方说声"谢谢你，是你让我感觉到了爱的力量"。她无疑已经成了活得漂亮的女子，这种精彩的人生履历又让我们完全忽略了她五官是不是完美、是不是年轻，只想和这位美少女一样去爱这个世界。

我一直认为，一个女子最精彩的生活，莫过于在该干什么的年纪就去干什么，对了、错了、痛了、伤了，都不要紧，重要的是我们什么都没有错过，就必会有所成长。就算你曾经都错过，如果现在能够自省停止抱怨，清除负能量的阴霾，努力学会去爱，去付出，去欣赏每个人的优点，去把没有做过却又一直想做的事做一遍，正能量自然会慢慢充满你的心扉。我还是会为你这般的决定和坚持点个赞，因为这也是一种活得漂亮的人生，世界还是会把你温柔对待。

现实生活里的我们都不是也不可能单独活着，总有牵挂，总被爱着，所以你不能狭隘着完美，让自己心底的美好太过凄凉与孤单。如果你也看不到生活的尽头，如果你也面临着痛苦的选择，如果你也迷茫凄惶，请不要怕，去主动承担些社会责任吧。比如爱一个人，成一个家，立一个业，孝顺爸妈，呵护着你的孩子长大，或者去做义工，去抱抱孤儿院里的孩子。用力所能及的手边事与没有边际的思想做妥协，这样你才会让自己的生活拥有实际的目标和意义，才会在无穷大里真正找到属于自己的边际，然后一直走下去。你心底坚持的东西才有可能因为你的适当妥协，而最终真实陪伴着你的一生。

长得漂亮是上天的恩赐，活得漂亮却是我们后天修炼的本事，"人人被造而平等"，而非"人人生而平等"。这世间唯有"爱"字可以最终改变我们的命运，只有你学会去爱了，你才会活得漂亮起来，世界才会把你温柔相待。你又会发现，其实好多人都曾经守护过你的纯真，人来人往里，都有着擦肩的温暖和陌生的善意。

你是什么样的人就会遇到什么样的人，你爱别人才会有人来爱，你尊重别人就会被别人尊重，等你活得漂亮了，自然会被这个世界温柔相待。

　　有时候，曾经做出的最困难的决定，最终却成了我们做过的最漂亮的事情，曾经以为最艰难的人生境遇，却最终成了我们活得最漂亮的时光。

王　珣

我们想过的生活里至少应该有一个怀抱在不远处守候，而为此我们本身也一直带着温暖的光。

已出版：
《你有多强大，就有多温柔》
《美人的底气》等

弱者才去逞强，强者都懂示弱

▲ 王珣 / 文

　　如今的很多女人都越来越强势，这原本是件好事，因为独立自主的生活是女人获得快乐幸福的首要条件。只是有的女人在进步的过程中就忽然成了"转基因"，强势也成了挑战男人的代名词，一旦到了可以压制男人的地步，女人也会飘飘然了。

　　男权社会可不是靠指挥几个男人，或消费男色就能彻底改变的，当你整日里把"男女平等"挂在嘴边的时候，就已经显示出了你并不平等看自己的女人心理。

　　那种把所有人都当成自己下属的女上司，除了喜欢用打断别人思维和说话来显示自己的果断，实在是看不出"纸老虎"还能有什么驰骋山林的威风。那种以为地球离开了自己都不会转的女能人，即便把世界都踏个遍，你依旧还需要有个家可回，有个胸怀可停靠，因为你不可能高傲地飞个不停。

女人太强势自然会滤掉温柔，女人太独立自然会缺少宽容，女人太女权自然会没了尊重，其实这也是把"双刃剑"，会一再伤到自己。

为什么非要把坦诚掩盖在尖锐里？为什么非要把善良隐藏在功利下？为什么非要把柔软坚挺成身上的刺？又为什么非要把忧伤深埋在不长久注视就看不见的眼底？女人强势原本也不是什么错，但如果说是生活的无奈和男人的软弱把你"逼"成了这个样子，那就成了做女人的遗憾。

爱逞强的女人常常会不快乐，什么事你都去"强"了，免不了会夺去别人的光芒，掩盖别人的努力。即便你说对事不对人，但事也全是人做的；就算你有你的好心，但往往都成"驴肝肺"。

也不要总说是别人不理解你，生活里过于强势的女人男人不喜欢，女人也不会喜欢，在这样那样的误会和反感里，大家很难再做真沟通。

我当然不是不让你去做"女强人"，如果你觉得那是做女人的极致状态，那尽可以去努力追求。你要充分地了解你自己，女人的某些思维已成定式，女人的某些弱点已成习惯，在和世界、男人或女人争强好胜的过程里，你必然也将承受更大的压力和痛苦。如果不能有颗坚强又宽广的心，那么很可能会得不偿失，得到的不一定就是你想要的，失去的再珍贵却也找不回。

　　"女强人"无非是男人弄出来的一颗"酸葡萄"，同为事业上的成功者，男人就可以英雄美人，女人却常常孤家寡人。

　　不要做世俗人眼睛里所谓的成功女人，真正成功的女人是谁都不认识她，她却一直生活得很幸福和很平静的女人。我们头顶上的这片天终究是男人一半女人一半，如果有男人愿意为你多担点，何乐而不为？

　　一边是神经脆弱听不得"剩"字，看不得别人笑，把男女情感说得很不堪，好像这样才能证明不是自己的失败。一边又无比强悍地把寂寞忍成了偏执，只和有一样境况的女人们加倍敝帚自珍，集体纵容任性和软弱，听点幸福的故事都要拼命质疑真假，好像自己没得到的，别人也不可能找到。

　　我一直相信幸福，看到那些生活美好也会心意暖暖，以便孤单的时候自己给自己一个拥抱，然后再一次坚定："别放弃。"

　　幸福从来就不是绝对的，那些生活幸福的男女也有着这样那样的人生烦恼，只不过他们因为相信就会不断努力，因为得到就会适时放手，因为懂得就会知足珍惜，这些或许都是强悍的怨妇所不曾知道的。

　　没有人可以随随便便幸福，就算我们暂时不能拥有，那么看着别人拥有并且自省，心存的也该是对幸福的向往和手边真实的努力。

　　我当然也能理解某些女人强悍的原因，在生存或是生活的

忘记了柔软才容易被折断，你可以坚强，
但不必连自己的脆弱都伪装成强悍。

残酷现实中，在单身或是婚姻的人情薄凉里，很多事情不得不靠自己硬挺，会养成女人越来越坚硬的处事做派，不懂适当妥协里才会有更广博的爱，快乐幸福里也要有相互成就的放弃。

忘记了柔软才容易被折断，你可以坚强，但不必连自己的脆弱都伪装成强悍。固执着不肯改变的，常常是一颗很难被暖热的心。要知道在我们生活的环境中，特立独行和超然世外不是做不到，而是很贵。当你有了很多的钱，更多选择的自由，才可以在某些方面做到特立独行。

生活本就不容复，情感发展更是一个重要选项，原本现实点也并不是坏事。理性才是通往成功和安宁的钥匙，感性只是我们的盛装，以便给情绪一个温暖的出口，给平常的日子一个精彩的理由。

女人几乎都不太可能在面对男人和情感的选择时做到多么与众不同，要么华丽转身，要么尴尬撞墙。别让旧爱的誓言像极了一个巴掌，每当你记起一句就挨一个耳光，好多年都闻不到生活的香。

女人只有活得现实和智慧，心才会获得自由。独立应该是一种优雅的生活姿态，在从容不迫中慢慢强大，而不是去和男人较劲，去和世界为敌。

爱男人就要跨越他们成就自己的成长，我们总要盛装前行才能活出与众不同的精彩，这才是滋养女人的正能量。

内心强大的女子表现出的却往往是谦和与温柔，因为她的谦和是懂得示弱的爱有所爱，她的温柔是历经命运搏杀的一笑而过。

　　弱者才去逞强，因为害怕被当成弱者；强者却懂示弱，因为强大即是宽容。女人，要学会对自己说"我能行"，而不是总去问别人"为什么"；要让男人说"我爱你"，而不要总去听什么"谢谢你"。

低调才是最高级的奢华

▲ 任风南／文

前段时间，带着一个小朋友参加自己的私人聚会。小朋友二十七八岁，也算是事业有成，做建材业务，开辆三十多万的车，也贷款买了房。他在同龄人中是比较有出息的，如果单从物质收入上来讲。

聚会是我组织的，因为在此之前，我曾跟小朋友说过，要给他介绍几个做生意的朋友认识，互相交流一下，虽然从事的行当不一样，但就做生意来讲，会有很多共同点可以借鉴一下。

聚会的地点选择在一条偏僻的胡同里，里面有家烤羊腿的店。聚会前，我曾跟朋友电话商量过，看去哪合适。朋友说，不去酒店了，咱又不是正儿八经地处理业务，朋友几个人选个偏僻有特色的地方就行，所以定了这家店。

我是最先到的，简单安排了一下。一会儿小朋友来了，开着自己的车，带着妻子，好等会儿喝完酒后妻子开着车回去。他着装很是正式，衬衫没有褶皱，领子笔挺，皮鞋闪着亮光，连头发也打理过。

我看着就想笑，跟他说："你今天怎么这么正式？不是说好了几个朋友找个小店简单聚一下吗？真是没有必要的。"他说他平时出门也是这样。我明白年轻人总要在外人面前留个好印象的心理。

一会儿，第一个朋友来了，骑着一辆破旧的自行车，简简单单的居家装束。停下后，从车筐里面拿出一瓶洋酒，说今晚尝尝。第二个朋友也到了，这个神仙骑辆电动三轮，穿件老人才会穿的大背心，大裤衩，脚上拖着一双地摊上买的拖鞋。

交流的过程不算是很愉快，小朋友有很多新鲜的思想，我和朋友可能是老朽了，无法接受。同时小朋友慷慨激昂，指点江山舍我其谁，害得我只能一次次打断他的话，频频举杯喝酒，好把场合圆过去。

朋友问我的小朋友，你是自己干还是给人打工？小朋友避而不谈继续谈自己的雄心。朋友隔了一会儿又把这个问题问了一遍，小朋友还是不正面回答。

结束后，小朋友对我说："你这两个朋友也没什么出色的地方，也就是干个生意混口饭吃，看他们的穿衣就能知道……"

我说："他们这口饭吃得还可以。一个是做特产的，给超市配货，特产是独家代理，也就是垄断。你所看到的市面上的这

在场面上可以端着、绷着，工作之外的一切场合，
完全可以放松甚至放空自己，不与他人计较。

十几款特产，都是从他手里出来的。同时，他还在咱们这个城市开了十二家连锁店，另外包了三百亩的山。另一个是做冷冻海产品的，有好几个冷库，两套房子，一辆奔驰，他的产品发往全国。"

以貌取人在某种程度上是对的。你去相亲，看见邋遢的人心里肯定反感；参加正式的社交场合，没有人会不修饰自己；平时交往，衣冠整齐的人多少会给你带来好感。在公众场合，这些都是正常表现。而在私下场合，个人会有各自不同的表现。有人还会一丝不苟，严谨肃立。

而我的朋友选择了一种随意舒适的状态，不在意别人如何评价或是怎样的目光。俗世中的人，倒不如俗得真实一些。**在场面上可以端着、绷着，工作之外的一切场合，完全可以放松甚至放空自己，不与他人计较。**

小朋友慷慨陈词时，他们点着头，偶尔插一句，说话时也多是对小朋友的肯定和鼓励。虽然结束后，朋友对我说，你的小朋友还没有吃过亏，等他跌过几个跟头后，什么都会明白，他始终不肯承认他是个打工的，死要面子，不肯把自己放低，这个亏早晚得吃。

我知道，他们都是吃过亏然后把自己放低的人，无论从哪个方面都让自己低到最底层，吃饭不求豪华，合口就行；出行不必让人瞩目，随心安全就行；穿衣不求名牌（虽然衣橱里有很多名牌），舒适就好。

低调是奢华的，奢华是一种涵养，
是一种让人如沐春风的态度，
更是一种经历风浪后对"善"的珍视。

这是表面的低调，是外在地把自己放到大众中不想引起别人注意的一种方式。而真正的低调是不与他人争一时之长短，专注于自己的事情，不在意别人的评价与目光。如同他们当时与小朋友不争吵不斗气，只是一味地鼓励，哪怕仅仅是表面上的。

低调是一种修养，修养的得来与读书有关系，也没有多大关系，更多是来自于生活的磨炼与体悟。

朋友在年轻时，看到自己的工人做事出错，张口就骂，看谁都不服气。抽最好的烟，喝最好的酒，去消费最高级的酒店。经过多年浮浮沉沉，经历了得意与失意，欢笑与苦痛，反而变成一个谦逊平和的人，在不碰触自己底线的情况下，对待工人处处恭敬。

与人交往，不急不躁，从容平和。甚至每年都拿出一部分钱心甘情愿让别人去骗，用他的话来说，他做生意，有一些情况一看就是骗局，但也要做，有些行骗的人，日子很苦。自己现在生活好了，就用这种被骗的方式让别人也好过一点。说白了，就是白送给别人钱。自己亏点就亏点，什么都不影响。

《道德经》中有这样一句话：

> 上善若水，水善利万物而不争。处众人之所恶，故几于道。

低调是上善中的一种，混迹于芸芸众生中，做好自己的同时，又在默默地为仁人做着力所能及的事情。这种修养，善莫大焉！

又想起一个人．快五十岁了，在一起吃饭时，顽皮可爱，单纯得像个孩子。用的手机是老版的诺基亚。后来去他家拜访，他正在书房里写着毛笔字，一丝不苟，极其认真。书桌上放着 iPhone。吃饭时亲自下厨给我们炒菜，菜的口味很好。他也是个生意人，做某种鱼类的生意，半个中国的这种鱼全都出自他的手。

我所震惊的不是他的生意及市场，而是他的生活态度。一个热爱厨房的人，也必定是热爱生活的人。一个醉心于写字的人，必然有其大多数人所不能理解的精神世界。

每个人对生活的理解都不同，经历及学识不同，认知也会千差万别。对于形形色色的人，对于纷繁复杂的社会，我们都会有自己的准则去应对。可以选择"知其不可而为之"的雄心，也可以选择"穷则独善其身，达则兼济天下"的理想。但不管怎样，与人为善，低调踏实，做人做事才不会做绝，才能游刃有余。

把自己放到低处，不是懦弱无能的表现。强硬是努力向上的表现，谦卑更是对生活的包容。在低处，我们可以容纳很多别人的缺点或者过错，有了容纳的宽广心胸，还会惧怕风浪吗？没有火气，春风化雨般的努力比强硬来得更从容些。

　　小朋友不会理解，至少在他现在的年纪不会懂。有些东西不是饱读诗书学富五车就能体会的，也不是见过了听过了就全都懂。

　　低调是学不来的，不是不说话、不出头就是低调，它需要经历人生的种种摧残，不断磨砺自己的心性。低调来自于的生活阅历，每个人都是有故事的人，如果能将自己的故事真正体会，同时加上时间的滋养，就能内化为自己的修养。

　　低调是奢华的，奢华是一种涵养，是一种让人如沐春风的态度，更是一种经历风浪后对"善"的珍视。这在我们的生活中，永远都是散发着光彩的奢华。

任风南　　在这个纷繁复杂的社会中，能守住内心，能完善自我，上天最终也不会亏待他。

引起情绪波动的每一件事
都是成就自己的机会

◢ 海蓝博士 / 文

每个人都会有情绪，情绪是我们对自己生活满意度的晴雨表，你是否成功与幸福和情绪息息相关。把握好了情绪，就把握好了人生。引起情绪波动的每一件事、每一个人都是成就自己的机会。

所有的情绪感受都是珍贵的

我们经常被情绪所牵动，跟随情绪跑到哪儿去了自己都无知无觉；我们常常被情绪所裹挟，忘了自己的初衷是什么，自己的人生目标到底在何处。在生活当中，你是不是也是如此：

经常被自己情绪的波涛颠簸得苦不堪言？

所有愤怒、抱怨、不满、自责、怨恨这些情绪，能量层级非常低，这些低能量级的情绪首先消耗的是谁呢？当然是自己！当你一有负面情绪的时候，成千上万的细胞就死掉了，这是有科学依据的。能量较高的是平和与爱，爱能够化解很多东西，而仇恨能滋生出更多的仇恨，愤怒会激发更多的愤怒，羞愧会让人卑微到尘土。

情绪虽然有正向、负向之分，但情绪本无好坏，是我们自己的分别心，在本来不好的情绪上，雪上加霜；情绪也没有绝对的对错，只有失控的情绪才是不好的。

情绪对我们来说是很好的警醒，就像是疼痛一样，一个没有疼痛感的人一般生命都很短。情绪也是一样，要是你对外面的世界没有感受了，那也会是很大的麻烦。所有的情绪都是极其珍贵的，所有的情绪感受都是我们很好的朋友，只是我们不要让它失控，不要让它变成实现梦想的障碍和陷阱。

情绪主要来源于我们对事情的解读

有一个学员和老公去一个农庄吃饭，老公硬是不给她点她喜欢吃的西蓝花和豆腐，"真是太不体贴了！"她心想，"对我不够体贴就是不够在乎我，不在乎就是不够爱我呗。"想到这里，她感到生气、难过又烦躁，把菜单扔给老公，转过脸去不理不睬。后来回家质问老公，才知道原来他们去农庄的时候已经过了饭点了，她喜欢吃的这些素菜老公担心会是剩菜，而她素来肠胃不好，所以他坚持不给点，其实是希望能够吃上干净、新鲜的饭菜。知晓老公的良苦用心后，她才发现当时老公看起来不近情理的背后是一份更深的爱。

当我们感觉受到伤害时，其实和别人没有关系，只是因为他们触碰到了那片我们自己都不能接受的脆弱和伤痛，当我们感到愤怒、伤心和痛苦时，是因为只从自己的角度和感受去看事、看人，只用自己的经验和经历去评判他人，只想让别人知道自己的观点和情绪，没有看到事情的全相。

无数个案例的梳理，给我的共同感悟是：**无论是对人的愤怒、恐惧、怨恨和厌恶；还是自己的内疚、哀伤、羞愧和自责，很少和事实本身有关，是我们的想象使我们陷入苦海，并非事实本身。**这些情绪主要来源于我们的解读，而人本能反应的第一解读往往是把自己当作受害者。受害者模式一启动，我们立刻就变成了受伤的羔羊，刨个坑自己就往里面跳。

如果每次情绪来袭时，我们能够静下心来，放下自己的评判和猜疑，不把自己变成受伤的羔羊，而是去了解对方的想法和感受，从第三方的角度客观理性地看人、看事，就会360度看到全相。而一旦看到事情真相，就会发觉很多烦恼真的是庸人自扰，我们的心也就会感到释然和自由了。

当我们能够真正做自己情绪的主人而不是做情绪的奴隶时，
内心自然会享受到真正的愉悦、宁静和自由。

每一个情绪的当下，你可以做些什么？

对情绪的管理是衡量一个人成不成功，幸不幸福的一个非常重要的关键点。引起我们情绪波动的每一件事情都是我们把握自己生活方向、成就自己梦想的一个机会。人之所以幸福，不是因为得到了多少东西，而是学会了与一切"负面"情绪和平相处。

当我们恐惧失败、他人的眼光和看法，不敢去尝试，缩手缩脚时，可以尝试着不抗拒、不逃避，学会在这些感受中发现自己、理解他人，当他人的认同对你来说无足轻重时，你就不需要向他人证明自己，也就不会再被恐惧所束缚。

当我们抱怨他人、抱怨环境时，能够将习惯性地谴责其他和事，转变为有勇气去付出创造性的努力来战胜困难、避开陷阱，你会看到自己聪明应对方式的巨大力量。

当我们悲伤难过、绝望无助时，能够看到自己的悲伤难过，允许自己悲伤难过，进行自我关怀，做自己的强大支柱。

当我们渴望被他人理解时，能够先停下表达自己，倾听对方，你会发现别人在诉说时，你并非努力聆听并试图理解对方，而常常是忙于思考自己接下来该怎么说。

当我们与他人发生冲突和矛盾时，能够看到每个人的思维方式不同，价值观、动机和目标也不尽相同，有时甚至是完全对立的，你会对人性有不同了解和发现，会站在第三方的角度，找到更合适的解决方案。

当我们陷入迷茫、丢失了自己时，如果能够静下心来，从身体、大脑、心灵和思维入手，明白什么对于我们才是最重要的，内心自然逐渐归于宁静。

情绪是可以经过调节然后转化为生命的力量，而且人一旦有情绪了，就会成为我们了解别人、了解自己非常好的路径。我们不妨把情绪作为一个自我完善的渠道或者资源，这是我们的一个内在力量，而且更为重要的是——所有的情绪都是通往智慧的大门。

每当你的生活有不符合你的意愿、让你不愉快时，赶快回到自己内心，觉察自己：我为什么不高兴？这个不高兴跟我的目标有关系吗？这个不高兴对我的目标是有积极的作用还是消极的作用？我到底应该怎么来调整，是对外指责、发泄还是回到自己？

当我们能够真正做自己情绪的主人而不是做情绪的奴隶时，内心自然会享受到真正的愉悦、宁静和自由。

海蓝博士

人生，是一次可以选择的旅程，我们无法把控环境和他人，但我们始终都可以把控自己。

已出版：
《不完美，才美》

年轻时吃过的苦，
都会成为你未来的路

◢ 谢可慧／文

一年前的夏天的深夜，收到一封读者的来信，信的内容大致如下：

我现在在北京的十字路口，11点的夜晚，我不知道自己离开自己的城市是对还是错。

白天的时候，又被领导批评了。我的一个文案被否决了。我不敢告诉他，那是我整整做了一个夜晚的文案啊。领导说：没新意，没创意，如果我是客户，根本就没有和你合作下去的欲望。

我没有吭声。真残酷。要是我告诉她，我花了一个晚上，是不是听起来更加无能。

我是一个普通大学毕业的学生，文凭一般，知识架构也一般，在我们这个 100 多人的公司里，活着一堆的海归、一堆的硕士生，我寄居在里头，拼命用自己的谦虚掩盖自己的不足。

做了一天的文案，所有人都下班了。我不知道，明天领导看到这个文案的时候，会不会又摇头。

其实，也是自说自话。我等着出租车，夏天的北京好像有点寒冷。没什么，不必回复。

这封信，我下载了下来。

我和那个姑娘说：谢谢你的信任，好像除了"加油"真的无话可说。希望下次再见，是你的好消息。

二

昨天，我又一次接到了她的来信：

一切平顺。现在已经得心应手，老板把我的文案作为优秀样本，和老员工放在一起。路过那个路口，突然想到告诉你。

我很好。谢谢你的加油。

那一刻，我只想起一句话：年轻时吃过的苦，都会成为你未来的路。

这句话好像是真的。

三

大学有一个暑假，我在一个小县城的报社实习。

小地方的报社氛围，虽然没有大城市报社的洋洋洒洒和肆意张扬，但好像更多了一些中规中矩的刻苦劲儿。

当时，单位有一个记者，是个三十多岁的男人，个子不高，特别瘦小，每天都第一个来上班，又在报纸出刊后，第一个出发去跑新闻。

是一所普通院校毕业的，文凭也不好看；是农村人，所以格外肯吃苦；好像也不聪明，所以只能靠勤奋。

看得出来，一些人对他的努力，并没有一丝赞赏。职场就是很奇怪的，当你身在其中，所有人都希望的是，大家一团和气，"同甘共苦"，你想冲锋陷阵，未必被人钦佩。

是啊，你那么认真，不是给那些不刻苦的记者找对比嘛！你跑了那么多新闻，我们跑什么！你写那么多，我们的版面都被你挤占了。

你说，他真的什么都没听到吗？一定不是。人言可畏，就算是一阵风，刮了那么多阵，也该刮到他耳边了。他还是每天高高兴兴地上班，该工作的时候工作，该和人唠嗑的时候唠嗑，什么事都没发生。

后来，我去听他的一趟新闻课。他说，他什么都不信，最相信的就是勤奋。

我那年进报社的时候，写的第一篇新闻就被否决了。

现在，我几乎是报社每年报发新闻量最大的记者之一。

为什么？

就是勤奋。每天不停地跑，不停地写。我每天新闻跑 12 个小时，全年休息时间比别人少三分之一，寒冬酷暑，没有人愿意去跑的新闻，我去！最偏远的地方，没人去，我去！**我们总是喜欢近在咫尺的稳妥，然而事实上，你与别人的差距如何拉开，就在于能不能走过别人没走的路，吃过别人没吃的苦，见过别人没见的人。**

你做一件事，不间断地，认认真真做 100 个小时，一定比那个只干了 40 小时的强。为什么？量变到质变，从来不会含糊其辞，可能不会立竿见影，但一定会渗透在你长长的人生岁月里。

是啊，其实是多么朴素的道理。成功从来不会一蹴而就，也不会从天而降，它只在你的岁月里，慢慢生出花。

我毕业后的几年，他成为了首席记者，可能是报社最年轻的首席记者之一。

四

经常有刚入职的年轻人给我写信，觉得自己现在过得太苦了，几乎都快过不下去了。

我一般的建议：

一、你确定是因为不喜欢从事的行业，还是不喜欢那里的人，不喜欢加班？

二、你不喜欢现在的工作，你有喜欢的工作吗？

如果你有喜欢的行业，我一般就建议你换工作了，如果你只是对人际关系反感，或者对加班深恶痛绝。那么我会告诉你，走下去就对了。

没有什么工作是不辛苦的，没有什么江湖是一潭清水。

每一个光彩夺目的人，一定有过在黑暗中前行的日子，而那段日子，也一定会点亮你前行的路。

三毛的《空心人》里有一句话：所有的人，起初都只是空心人，所谓自我，只是一个模糊的影子，全靠书籍、绘画、音乐里他人的生命体验换出方向，并用自己的经历去填充，渐渐成为实心人。而在这个由假及真的过程里，最具决定性力量的，是时间。

我们都要相信时间和自己的力量，生活的路只要活着，就还有很长很长，生下来，活下去，像个人样活下去，这才是最重要的事。

谢可慧　成功从来不会一蹴而就，也不会从天而降，它只在你的岁月里，慢慢生出花。

CHAPTER 3

希望你爱得宁静，
还以爱的本真

爱与被爱是每个人心灵深处最本真的渴望，它可以拉近心与心的距离，可以让彼此更幸福。愿我们都能在爱的呵护下成为更好的自己，用一颗纯真无尘的心接受命运的馈赠。

当下

◢ 张晓风 / 文

"当下"这个词，不知可不可以被视为人间最美丽的字眼？

她年轻、美丽、被爱，然而，她死了。

她不甘心，这一点，天使也看得出来。于是，天使特别恩准她遁回人世，并且，她可以在一生近万个日子里任挑一天，去回味一下。

她挑了十二岁生日的那一天。

十二岁，艰难的步履还没有开始，复杂的人生算式才初透玄机，应该是个值得重温的黄金时段。

然而，她失望了。十二岁生日的那天清晨，母亲仍然忙得像一只团团转的母鸡，没有人有闲暇可以多看她半眼，穿越时光回奔而来的女孩，惊愕万分地看着家人，不禁哀叹：

这些人活得如此匆忙，如此漫不经心，仿佛他们能活一百万年似的。他们蹧蹋了每一个"当下"。

以上是我改写的美国剧作家怀尔德的作品《小镇》里的一段。

是啊，如果我们可以活一千年，我们大可以像一株山巅的红桧，扫云拭雾，卧月眠霜。

如果我们可以活一万年，那么我们亦得效悠悠磐石，冷眼看哈雷彗星以七十六年为一周期，旋生旋灭。并且翻览秦时明月、汉代边关，如翻阅手边的零散手札。

如果可以活十万年呢？那么就做冷冷的玄武岩岩岬吧，纵容潮汐的乍起乍落，浪花的忽开忽谢，岩岬只一径兀然枯立。

果真可以活一百万年，你尽管学大漠砂砾，任日升月沉，你只管寂然静阒。

然而，我们只拥有百年光阴。其短促倏忽——照《圣经》形容——只如一声喟然叹息。

即使百年，元曲家也曾给它作过一番质量分析，那首曲子翻成白话便如下文：

号称人生百岁，其实能活到七十也就算古稀了，其余三十年是个虚数啦。

人生是现场演出的舞台剧，
容不得 NG 再来一次，你必须当下演好。

更何况这期间有十岁是童年，糊里糊涂，不能算数，后十载呢？又不免老年痴呆，严格说来，中间五十年才是真正的实数，而这五十年，又被黑夜占掉了一半，剩下的二十五年，有时刮风，有时下雨，种种不如意。

至于好时光，则飞逝如奔兔，如迅鸟，转眼成空。

仔细想想，都不如抓住此刻，快快活活过日子划得来。

元曲的话说得真是白，真是直，真是痛快淋漓。

万古乾坤，百年身世。且不问美人如何一笑倾国，也不问将军如何引箭穿石。帝王将相虽然各自有他们精彩的脚本，犀利的台词，我们却只能站在此时此刻的舞台上，在灯光所打出的表演区内，移动我们自己的台步，演好我们的角色，扣紧剧情，一分不差。人生是现场演出的舞台剧，容不得 NG 再来一次，你必须当下演好。

生有时，死有时

栽种有时，拔毁有时

…………

哭有时，笑有时

哀恸有时，欢跃有时

抛有时，聚有时

寻获有时，散落有时

得有时，舍有时

············

爱有时，恨有时

战有时，和有时

　　以上的诗，是号称智慧国王所罗门的歌。那歌的结论，其实也只在说明，人在周围种种事件中行过，在每一记"当下"中完成其生平历练。

　　"当下"，应该有理由被视为人间最美丽的字眼吧？

爱是细致入微贴心的暖

▲小木头 / 文

　　早晨的一杯咖啡，睡前的一声"晚安"，买一个小小的礼物送给朋友看他眼睛发亮，珍惜着看一场好电影后兴奋而充实的心情，听到一首喜欢的歌，心情顿时明媚起来，偷偷晃动身体，想要跳舞，想要拥抱这片刻的快乐……

　　这些微小的转瞬即逝的暖，就是我认为的爱，爱自己，爱别人，爱生活。

　　偶尔会觉得生活如一汪碧水，虽然说的是"岁月静好"，偶尔心中还是会闪过'枯燥乏味'这样的字眼。

　　没有波澜固然好，可是每天平淡的生活也的确磨砺着人的耐心，一日三餐，上班下班，吃饭睡觉，和亲爱的人在一起守着每天的清晨与黄昏，可是……总觉得缺一点什么吧？

　　当你的年纪大一点，你会发现，爱情中最瑰丽多彩的时

 CAFE TOWN

对生活的爱，
一定是在生活中感受到那些幸福的小瞬间啊。

刻，真的只是热恋时期的幻象，像是泡泡一样，五彩斑斓，却也脆弱得很，时过境迁，被日复一日的生活碰碎，消失得无影无踪。

而真正的爱，渗透进了生活中最微小的纹理中。

是你焦头烂额时他的几句鼓励，是你腰酸背疼时她轻轻地帮你捶打几下，是宅在家里一天后两个人挽着手在夜色中散步……是每一个平淡的日子里，内心会被轻轻地慰藉。

你越来越知道，生活的真相虽然偶尔残酷，但是也并没有那么狰狞可怕，它大部分时候平淡如水，也有时候，温情脉脉得令人心醉。

那个为你赴汤蹈火夜半时分送来夜宵的男生，会成为赖在沙发上连自己的袜子都不肯洗的男人，他不再时刻察言观色仿佛能猜透你的想法，可是他还是会在披着月光进门的夜晚，递来你爱吃的某种小吃

在周末的阳光里，你睡到自然醒，老妈不忍心打扰你；

在夜色中行走，你接到朋友的电话，下一次聚会她想选一个你喜欢的餐厅；

你心中一动，给孩子买了他眼里写满渴望的小玩具，他欢呼雀跃，眼睛里放出了光；

你给自己买了一些精致的小玩意儿，虽然不实用，但是你的心情特别好……

这就是幸福啊，这就是爱啊，这真的是，在每一个觉得心里

暖暖的瞬间，爱的光环都笼罩在你的头上，将你的心包裹起来。

……

有时候我想，真正长久真挚的爱，并不是某一个时间里的跌宕又疯狂的意乱情迷，不是甜言蜜语勾肩搭背，不是纸醉金迷挥金如土……不不，那不是爱，那顶多算是生活中的某些冲动的瞬间。

好多人说要爱生活，可是真正的爱生活，并不是去吃一餐饭，去买一堆生活用品，爱生活不仅仅等于物质欲望的满足啊。

对生活的爱，一定是在生活中感受到那些幸福的小瞬间啊。

是喝一杯茶觉得身心舒展，是看到一朵花开忍不住微微笑，是将一杯温热的水递到家人手中时的恬淡，是你享受着每一寸安静而温暖的时光。

好像我们对于爱的定义一直在改变。

而越长大，越明白，爱，是细致入微贴心的暖。

每一刻，都在心头弥漫。

小木头

那份由内而外对自己的认同，对人生更高的追求，才是最动人的光彩。

已出版：

《最好的时光刚刚开始》

《会烘焙的女人，走到哪儿都有爱》

马不停蹄地奔向枯萎

▲ 朱成玉 / 文

一年又一年。修叶子一天又一天，望眼欲穿，重复着无尽的等待。风传来的任何一点好消息都会使你激动地战栗。你独自等到白首，却等不来那个温暖的胸膛。人生，是不是就此谢幕？你说："不，我只是睡一会儿。谁敢保证，黄昏的时候，他不会来敲我的门？"你说："他会带进来一阵风，在耳边，轻轻地唤醒我的幸福。"

于你，相爱、离别和想念是再自然不过的自然规律，扯动你全部的神经，耗尽你最美丽的青春。而你，并不沉沦。一个美好的念想，往往是一个女人芬芳的理由。

这是我祖母的一生。在对祖父的怀想中，马不停蹄地奔向枯萎。

萧芳芳凭借《女人四十》拿金马奖那次，张国荣给她颁奖，她上台的时候披肩不小心掉下来。然后她在感言的时候说："女人啊，过了四十，什么都往下掉……"

什么都往下掉，花样年华里的一切，脸上的笑和眼泪，全都是滑溜溜的，噼里啪啦泥沙俱下。

生命又何尝不是如此？绚烂总是一瞬间的事情，更多的是落寞。

没有不老的红颜。花到了秋天，开始凋落。女人，过了四十，开始凋落。女人们纷纷叹息："我们最大的情敌，不是第三者，而是岁月。"

一件件东西开始离开她们的身体，牙齿、头发……她们老了，再美的胭脂也会掉落，如同那些不可挽回的青春，马不停蹄地奔向枯萎。

人世间，人与人的相遇，最是奇妙。多少人，在晚年的蜡烛下，依然为年轻时和某个人的惊鸿一瞥激动不已。多少人，奔向枯萎之时，嘴角却带着幸福的微笑。

我想，这生命，除了凋谢，是不是还可以拥有另外一种颜色？

除了落幕，是不是还可以拥有另外一种声音？

除了酸楚，是不是还可以拥有另外一种味道？

所以梅丽尔·斯特里普会在暮色之年用低沉喑哑的声音缓缓述说自己的曾经，叙说那个发生在非洲恩共山脚下农场中的故事。四天会发生什么？相爱、离别和想念。和我祖母的一生一样。

人的容颜可以衰老，芳香却不可抹去。

他对她说："我在此时来到这个星球上，就是为了这个，弗朗西丝卡。不是为旅行摄影，而是为爱你。我现在明白了。我一直是从高处一个奇妙地方的边缘跌落下来的，时间很久了，比我已经度过的生命还要多许多年。而这么多年来我一直在向你跌落。"

她对他说："罗伯特，你身体里藏着一个生命，我不够好不配把它引出来，我力量太小，够不着它。我有时觉得你在这里已经很久很久了，比一生更久远，你似乎曾经住在一个我们任何人连做梦也做不到的隐秘的地方。你使我害怕，尽管你对我很温柔。如果我和你在一起时不挣扎着控制自己，我会觉得失去重心，再也恢复不过来。"

四天，犹如一生。那马不停蹄的秒针，每一下都扎在爱的神经上。但他们并没有让爱束缚，他们给爱注入了另一种血液："给相逢以情爱，给情爱以欲望，给欲望以高潮，给高潮以诗意，给离别以惆怅，给远方以思念，给丈夫以温情，给孩子以母爱，给死亡以诚挚的追悼，给往事以隆重的回忆，给先人的爱以衷心的理解。"这是他们对待爱的方式，对待人生的方式。

人的容颜可以衰老，芳香却不可抹去。所以杜拉斯要以这样的开头来讲述自己与湄公河畔中国人的故事："我认识你，我永远记得你。那时候，你还很年轻，人人都说你美，现在，我是特地来告诉你，对我来说，我觉得现在你比年轻的时候更美，那时你是年轻女人，与你那时的面貌相比，我更爱你现在备受摧残的面容。"

　　生命如此短暂。爱本身就是一种巨大的欢悦，当一个人散发出他的爱，他就开始享受自己爱的时候那种充实与欣喜。像花儿享受自己的盛开，像树木享受鸟儿的啁啾，像人们享受大自然中的某个细节，无论是一阵携带着花香的风还是一丛摇曳的三叶草，人们都能从发自内心的喜爱中得到那清新的快乐吧？尽管我们马不停蹄地奔向枯萎，但因为心中装着爱，我们的芳香一直都在。这让我再一次想到我的祖母，像某种著名的花那样，被岁月碾碎，却芳香如故。

朱成玉

　　一壶茶、一支笔、一页纸，便是这散淡人生中最幸福的点缀。

　　已出版：
　　《落叶是冬天的请柬》
　　《我唯一的翅膀在你那里》等

放下所有的复杂

◢ 马德 / 文

一

前几年，在北京碰到一大哥。他说："你挺好，活得简单。"

我不知道什么意思。我以为，他说我只会教书，干不了别的。后来，我懂了，他那是在夸我呢。

原因是这些年我有了一些欲望，欲望让我变得越来越复杂。而人一复杂，就痛苦连连。

现在，我恨不得能把所有让我复杂的事都放下。**人要想快乐，不用敬神，不用烧香，你放下一点，就快乐一点。**

二

我有一个朋友，当面温和恭顺，但一转身就骂我。

当然了，他骂我的事，是他的朋友告诉我的。

你说，我的朋友是朋友吗？他的朋友算朋友吗？都不能算。

中国人当面的事，看起来很热闹，却总是云山雾罩的，让人心里没底。只有一转身，你才能看出一个人的本质来。

现实中，有的人，假得一本正经，装得海枯石烂，假装得扑朔迷离。在这样的深度和厚度中，你只好晕头转向。

三

我很少在学生面前读自己的文章。

读的时候紧张，读完了就更紧张了。自我卖弄的嫌疑，常常让我不敢抬眼看学生，那种感觉，就像偷拿了别人的东西，在大庭广众之中被发现，语无伦次，手足无措。

读别人的文章，情形就大不一样。我可以高声大气地夸赞，可以居高临下地褒扬，脸不红，心不慌，甚至敢用自己的威势，逼迫学生们，生出与我一样的钦佩来。

这个世界，没有比夸赞别人更让人心安理得的事了。

四

有一天，我看一个人，怎么看怎么不顺眼。

我问他："你怎么了？"他愣了，说："没怎么啊！"

走近了才发现，他没戴眼镜。他还是他，不过是没戴眼镜，为什么怎么看都像换了一个人似的呢？

我摘下眼镜，照自己。妈呀，吓了一跳，原来，自己比别人还不顺眼。

后来，与人相处，即使觉得对方说话做事别扭，我也赶紧原谅了别人。因为，在原谅之前，我先想到了自己的别扭。

五

我一直以为穷人是最缺钱的。

我有一个表叔，穷人，侍弄土地，修理地球。我还有一个表舅，富人，开一家大厂子，身家千万。因为亲戚家办喜事，他们聚在了一起。

整一天，表舅不断地打电话，内容大体是收款、入账、要钱之类的。声音高得吓人，表情一会儿哭，一会儿笑，一会儿又哭笑不得。倒是表叔，脸上没看出喜，也没看出忧，规规矩矩地迎来送往，全天，没说出一个钱字。

那一天，我觉得，富人看起来好像比穷人更缺钱。

在自己面前，应该一直留有一个地方，独自留在那里，然后去爱。

六

去采访一个老人，他差一点被迫害致死。

谈起过往，他唏嘘感慨。不过，不是为自己，而是为那些曾经迫害过他的人。他说，他们现在过得很不容易，过得很苦很苦。

"这个人怎么没心没肺的，像个二百五。"回来的路上，同去采访的小伙子，觉得老人实在有点匪夷所思，于是，说了这么一句难听的话。小伙子的意思是，你的敌人倒霉了，你该高兴才对啊。

我笑笑，没说什么。我明白了，这个世界上，真的有比海还深的宽恕。

七

我的博客上，不知道是谁，留了这样一段话：

在自己面前，应该一直留有一个地方，独自留在那里，然后去爱。 不知道是什么，不知道是谁，不知道如何去爱，也不知道可以爱多久。只是等待一次爱情，也许永远都没有人。可是，这种等待，就是爱情本身。

我的回复是：希望你爱得宁静，还以爱的本真。

一辈子赖在青春里

▲ 芝麻 / 文

把所有生意清盘、准备退休的叔叔，眼睛放光，问他的侄儿我的老公："今年秋天，要不要一起欧洲自驾游？"

他计划开车从湖南出发，北上经河南、北京到内蒙古，从俄罗斯入境，看看东欧，然后绕欧洲转一圈。如果时间和钱还够用，可以从葡萄牙去非洲，到南非好望角看一看。他语气热切，有掩饰不住的渴望和向往。

这个 63 岁的"年轻人"，学历高中，身高不到一米七，因为腰椎间盘突出，走路有点驼背，看起来不那么高大威猛。我们叫他长腿欧巴。几十年打拼下来，积累了一些小钱，人还没累够似的，热情从不见被磨损。

他不懂英文，没有海外生活经历，最好的车是一辆长安铃木。年纪这么大，条件这么差，要求这么高，想法这么拽，一定是疯了吧？

没有。要疯的话，那也早就疯了。因为去年，他已经完成两件不可能的任务。

第一次是自驾云贵川，一辆日产阳光，看着没有几斤几两，他和婶婶两人带着 3 岁的外孙，走到哪儿玩到哪儿，一路上过九寨沟，看黄果树瀑布，住青年旅社，吃各地特色，用朋友圈写游记，一晃就是一个多月。没有攻略，没有预订，制订行程的唯一依据，就是看心情。

这期间，还有一个插曲。他在重庆解放碑，和老婆边吃火锅边看美女，打电话问他的一个同为爷爷级的好朋友："重庆美女多，要不要买张机票一起来？下一段还可以一起自驾游贵州。"好朋友断然拒绝："那去不得！"

第二次胆子大了，他从广西入境越南，去了缅甸、老挝、泰国、柬埔寨，几乎走了半个东南亚。在老挝境内，他生病了，异乡他国打点滴，滞留了几天。他的老同事说："看，我早就说过，在国外吃不好睡不香，这么大年纪不要折腾了，不服老不行啊。"他好了几天后拍拍屁股又出发，从云南把车开了回来。

后来聊起这段经历，他淡淡地说："只要安全回来，任何旅途中的故事，我都不认为是事故。"

我还认识一个少女感爆棚的阿姨，她两个孩子都已经上大学，自己也早早退休了。和我们一起去唱 K，她没有在旁观或做不合群的观众，也没有唱邓丽君的《路边的野花你不要采》，选的是 TFboys 的《青春修炼手册》，技惊全场。

大家都玩得放肆，她脱掉鞋子，在沙发上蹦来蹦去，不经意一个一字马横下来，看得我们这些驾驭不了的"年轻人"直肝儿颤。她练习瑜伽数十年，早已习惯了身体的力量和柔软。

除了不时蹦出的网络新词，她给我印象最深的，不是吹嘘过去有多牛逼，而是未来有多诱人。她说，今年计划去学缝纫和烹调，如果有时间的话，再去上一个化妆课，学学怎么画眼线和眉毛，因为她自己总是画不好。

旅行是计划内的，每年都去两三个地方，毕竟孩子大了，时间和财务都比较自由。她咯咯咯娇笑："我可不想做个眼巴巴等着孩子回家来看我的老太太！"

她长直发过肩，一件套头连衣裙，要腰有腰，要颜有颜。虽然笑起来有皱纹，但嘴角上翘，笑意盈盈，整个脸上有一种向上走的光，让人不觉得她有多老。

她身上的少女感，融合了成熟而优雅的人生况味，让人爱戴又怜惜。不是偏执地要求被宠溺，也没有任性刁蛮的公主病，而是对未来充满向往，眼睛里有亮光，有稚嫩的探索感，有随时归零还在追求前方的不停滞。

所谓年轻，不仅仅是没有皱纹，

而是对未来依然充满希望，有规划有憧憬；

所谓老去，是不再成长，失去生机。

她这个年龄的很多人，大致都有一箩筐养生知识，还有一身关于过去的包袱。用"我们那个年代……"开头，也爱用"现在你们这些年轻人……"做结。她没有，她和这个每天都在变化的世界融为了一本。

我问她："喜欢看养生的东西吗？"她淡淡一笑："养生更要养心，保养一颗年轻的心，感受到时代的变化，和外界没有违和感，才是正事情。不然，四十岁的外表、八十岁的心情，又有什么用？"

美人在骨不在皮，年轻人也是。

看《我是歌手》里的李玟，这个四十出头的年轻女人，皮肤紧致，肌肉有力，小蛮腰曼妙，臀部像装了马达。这线条，20多岁的人都羡慕嫉妒呀。

大自然对人类做出的安排，30岁后的人新陈代谢会减慢，所以很多人过了30之后，就到了"发胖的年纪"。胖和老相辅相成，瘦和年轻互为好友。人到一定的年龄，总说自己胖了，调侃自己生活稳定、心宽体胖，但换句话说，其实是老了。

但立志于年轻的人，他们会在健身房里，用自己的汗水帮助代谢，甩掉身心的辎重。瘦身成功的人，更能呈现一种年轻态，要不怎么这么多人热爱减肥呢。像李玟一样，整个人看起来容光焕发，有向上的精气神，40 岁也是年轻人。

还看过一些刘晓庆的照片，单看她紧致的身材，不松垮、无赘肉，上下都是运动健儿的活力感。出卖她年龄的，是她鸡蛋壳般光滑没有褶子的脸，是那种经过加工的僵硬感。真实的生命的张力不能被代替，不管你注射什么高科技的针剂。

63 岁的张召忠，退休后"谢绝了老年兴趣班，开了一个公众号"。他说："不要动不动就跟人发火、摆架子，好像我是老人，你们得尊重我。我现在跟 90 后站在一个平台上，跟他们一块闹。人要活得年轻一点，跟时代要合拍。"这种放松而进击的心态，怎能不让我们路人转粉？

年轻不只是一种状态，更是对生活的一种选择。真正的老，意味着意志消沉的暮气，选择待在过去的时代，拒绝和现在接轨。所谓年轻，不是没有皱纹，而是对未来依然充满希望，有规划有憧憬；所谓老去，是不再成长，失去生机。

皱纹是时间的伴手礼，人手一份，有人用玻尿酸、肉毒菌表示拒绝、作为回敬；有人用鲜活饱满的内心张力、持续的好奇心，接纳养分，作为自己对岁月的回馈。**岁月是把刀，可以做杀猪刀，也可以是手术刀，怎么用，怎么雕琢自己，归根到底还是看个人。**

　　对于已经揣着一把年龄的人来说，年轻，装不出，但可以活得出来。生命的青春与活力，是自己给的。只要你愿意，你我都可以赖在青春里，也许头发白了皱纹有了，但依然心向明天的你，一辈子都是年轻人。

芝　麻

生命太短，用力活、尽量爱。抓紧机会，懂得接受、表达、反馈爱。

已出版：

《你正美好，何必彷徨》

CHAPTER 4

孤独是爱
最意味深长的赠品

孤独是爱最意味深长的赠品，受此赠礼的人从此学会了爱自己，也学会了理解别的孤独的灵魂和深藏于它们之中深邃的爱，从而为自己建立了一个珍贵的精神世界。

独处也是一种能力

◢ 周国平 / 文

独处是人生中的美好时刻和美好体验，虽有些寂寞，寂寞中却又有一种充实。**独处是灵魂生长的必要空间，在独处时，我们从别人和事务中抽身出来，回到了自己。**这时候，我们独自面对自己和上帝，开始了与自己的心灵以及与宇宙中的神秘力量的对话。

一切严格意义上的灵魂生活都是在独处时展开的。和别人一起谈古说今，引经据典，那是闲聊和讨论；唯有自己沉浸于古往今来大师们的杰作之时，才会有真正的心灵感悟。和别人一起游山玩水，那只是旅游；唯有自己独自面对苍茫的群山和大海之时，才会真正感受到与大自然的沟通。

人们往往把交往看作一种能力，却忽略了独处也是一种能力，并且在一定意义上是比交往更为重要的一种能力。如果说不擅交际是一种性格的弱点，那么，不耐孤独简直是一种灵魂的缺陷了。

　　从心理学的观点看，人之需要独处，是为了进行内在的整合。所谓整合，就是把新的经验放到内在记忆中的某个恰当位置上。唯有经过这一整合的过程，外来的印象才能被自我所消化，自我也才能成为一个既独立又生长着的系统。所以，有无独处的能力，关系到一个人能否真正形成一个相对自足的内心世界，而这又会进而影响到他与外部世界的关系。

　　对于独处的爱好与一个人的性格完全无关，爱好独处的人同样可能是一个性格活泼、喜欢朋友的人，只是无论他怎么乐于与别人交往，独处始终是他生活中的必需。在他看来，一种缺乏交往的生活固然是一种缺陷，一种缺乏独处的生活则简直是一种灾难了。

　　当然，人是一种社会性的动物，他需要与他的同类交往，需要爱和被爱，否则就无法生存。世上没有一个人能够忍受绝对的孤独。但是，绝对不能忍受孤独的人却是一个灵魂空虚的人。

　　世上正有这样一些人，他们最怕的就是独处，让他们和自己待一会儿，对于他们简直是一种酷刑。只要闲下来，他们就必须找个地方去消遣。他们的日子表面上过得十分热闹，实际上他们的内心极其空虚。他们所做的一切都是为了想方设法避免面对面看见自己。对此我只能有一个解释，就是连他们自己也感觉到了自己的贫乏，和这样贫乏的自己待在一起是没有意思的，再无聊的消遣也比这有趣得多。这样做的结果是他们变得越来越贫乏，越来越没有了自己，形成了一个恶性循环。

　　独处的确是一个检验，用它可以测出一个人灵魂的深度，**测出一个人对自己的真正感觉，他是否厌烦自己**。对于每一个人来说，不厌烦自己是一个起码要求。一个连自己也不爱的人，我敢断定他对于别人也不会有多少价值的，他不可能有高质量的社会交往。他跑到别人那里去，对于别人只是一个打扰，一种侵犯。一切交往的质量都取决于交往者本身的质量。唯有在两个灵魂充实丰富的人之间，才可能有真正动人的爱情和友谊。我敢担保历史上和现实生活中找不出一个例子，能够驳倒我的这个论断，证明某一个浅薄之辈竟也会有此种美好的经历。

　　对于一个人来说，独处和交往均属必需。但是，独处更本质，因为在独处时，人是直接面对世界的整体，面对万物之源的。相反，在交往时，人却只是面对部分，面对过程的片断。人群聚集之处，只有凡人琐事，过眼烟云，没有上帝和永恒。

　　也许可以说，独处是时间性的，交往是空间性的。

　　我们经常与别人谈话，内容大抵是事务的处理、利益的分配、是非的争执、恩怨的倾诉、公关、交际、新闻等。独处的时候，我们有时也在心中说话，细察其内容，仍不外上述这些，因此独处时也是在对别人说话，是对别人说话的预演或延续。我们真正与自己谈话的时候是十分少的。

　　要能够与自己谈话，必须把心从世俗事务和人际关系中摆脱出来，回到自己。这是发生在灵魂中的谈话，是一种内在生活。哲学教人立足于根本审视世界，反省人生，带给人的就是

独处是灵魂生长的必要空间，在独处时，
我们从别人和事务中抽身出来，回到了自己。

内在生活的能力。

与自己谈话的确是一种能力，而且是一种罕见的能力。有许多人，你不让他说凡事俗务，他就不知道说什么好了。他只关心外界的事情，结果也就只拥有适合与别人交谈的语言了。这样的人面对自己当然无话可说。可是，一个与自己无话可说的人，难道会对别人说出什么有意思的话吗？哪怕他谈论的是天下大事，你仍感到是在听市井琐闻，因为在里面找不到那个把一切联结为整体的核心，那个照亮一切的精神。

阅读是与历史上的伟大灵魂交谈，借此把人类创造的精神财富"占为己有"。写作是与自己的灵魂交谈，借此把外在的生命经历转变成内在的心灵财富。信仰是与心中的上帝交谈，借此积聚"天上的财富"。这是人生不可缺少的三种交谈，而这三种交谈都是在独处中进行的。

我需要一种内在的沉静，可以以逸待劳地接收和整理一切外来印象。这样，我才觉得自己具有一种连续性和完整性。当我被过于纷繁的外部生活搅得不复安宁时，我就断裂了，破碎了，因而也就失去了吸收消化外来印象的能力。

世界是我的食物。人只用少量时间进食，大部分时间在消化。独处就是我在消化世界。

如果没有好胃口，天天吃宴席有什么快乐？如果没有好的感受力，频频周游世界有什么乐趣？反之，天天吃宴席的人怎么会有好胃口？频频周游世界的人怎么会有好的感受力？

心灵和胃一样，需要休息和复原，独处便是心灵的休养方式。当心灵因充分休息而饱满，又因久不活动而饥渴时，它能最敏锐地品味新的印象。

高质量的活动和高质量的宁静都需要，而后者实为前者的前提。

直接面对自己似乎是一件令人难以忍受的事，所以人们往往要设法逃避。逃避自我有二法，一是事务，二是消遣。我们忙于职业上和生活上的种种事务，一旦闲下来，又用聊天、娱乐和其他种种消遣打发时光。

对于文人来说，许多时候，读书和写作也只是一种消遣或一种事务，比起斗鸡走狗之辈，诚然有雅俗之别，但逃避自我的实质则为一。

我天性不宜交际。在多数场合，我不是觉得对方乏味，就是害怕对方觉得我乏味。可是我既不愿忍受对方的乏味，也不愿费劲使自己显得有趣，那都太累了。我独处时最轻松，因为我不觉得自己乏味，即使乏味，也自己承受，不累及他人，无须感到不安。

这么好的夜晚、宁静、孤独、精力充沛，无论做什么，都觉得可惜了，糟蹋了。我什么也不做，只是坐在灯前，吸着烟……

我从我的真朋友和假朋友那里抽身出来，回到了我自己，只有我自己。

这样的时候是非常好的。没有爱，没有怨，没有激动，没有烦恼，可是依然强烈地感觉到自己的存在，感到充实。这样的感觉是非常好的。

一个夜晚就这么过去了，可是我仍然不想睡觉。这样的时候，什么也不想做，包括睡觉。

通宵达旦地坐在喧闹的电视机前，他们把这叫作过年。

我躲在我的小屋里，守着我今年的最后一刻寂寞。当岁月的闸门一年一度打开时，我要独自坐在坝上，看我的生命的河水汹涌流过。这河水流向永恒，我不能想象我缺席，使它不带着我的虔诚，也不能想象有宾客，使它带着酒宴的污秽。

我要为自己定一个原则：每天夜晚，每个周末，每年年底，只属于我自己。在这些时间里，我不做任何履约交差的事情，而只读我自己想读的书，只写我自己想写的东西。如果不想读不想写，我就什么也不做，宁肯闲着，也绝不应付差事。差事是应付不完的，唯一的办法是人为地加以限制，确保自己的自由时间。

在舞曲和欢笑声中，我思索人生。在沉思和独处中，我享受人生。

有的人只有在沸腾的交往中才能辨认他的自我。有的人却只有在宁静的独处中才能辨认他的自我。

孤独的艺术

◢ 林清玄 / 文

苏东坡寓居黄州时填过一阕《卜算子》:

> 缺月挂疏桐,漏断人初静。谁见幽人独往来,缥缈孤
> 鸿影。
> 惊起却回头,有恨无人省。拣尽寒枝不肯栖,寂寞沙
> 洲冷。

这阕词曾引起很多争论,尤其"拣尽寒枝不肯栖"更是。
我最喜欢《耆旧续闻》里陈鹄说的解释:取兴鸟择木之意。这
阕词寄意高奇,将东坡被谪居黄州时的孤独心境全写出来了。
世人在听人提到"孤独"一词时,往往含带同情和怜惜,
如同雾里看花,根本谬解了当事人的心境,东坡词就是一个很

好的解说。

我们看群树成林固然是美，孤树挺立于原中又何尝不美？我们看白鹭群栖固然是美，独鹭浅行溪畔又何尝不美？群峦叠嶂是美，一山独立又何尝不美？况后者更能让人体会出俊秀挺拔的意义，杜甫望泰山时曾写《望岳》一诗，中有两句："会当凌绝顶，一览众山小。"这便是个很好的例证。

戴叔伦的《游清溪兰若》中的诗句"西看叠嶂几千重，秀色孤标此一峰"，更将孤峰的俊奇描述得兴会淋漓。韩愈的"异质忌处群，孤芳难寄林"，朱涧的"隆冬凋百卉，江梅厉孤芳"，也都是描写"孤峭卓立"的好例证。但是真正把"孤独"超升到艺术境界的，要数柳宗元的《江雪》：

> 千山鸟飞绝，万径人踪灭。孤舟蓑笠翁，独钓寒江雪。

在白茫凛冽、广阔无边的千山里，不但没有丝毫人烟，连飞鸟都绝了踪影。一苇小舟上栖一位孤独的老翁，手执微不可辨的鱼竿，

静静地垂向江面，钓着寒江中的白雪。那是如何的一幅画面呢？孤独所呈现的美感在短短的二十字里表现无遗。

孤独时，景物固能如上所述的那样，显露出孤独的美，人又何尝不是呢？李白曾经写过一首有名的《月下独酌》：

　　花间一壶酒，独酌无相亲。举杯邀明月，对影成三人。月既不解饮，影徒随我身。暂伴月将影，行乐须及春。我歌月徘徊，我舞影零乱。醒时同交欢，醉后各分散。永结无情游，相期邈云汉。

　　李白原本是独自在月下饮酒，却由于高逸的诗思，能把明月和影子招呼来一起饮酒。作者在孤独时天人合一、物我相忘的心情尽表现出来了，从无情的明月和影子到有情的"交欢"，打破了云汉间的高远距离。李白是一位仙才，可以说用短短的一首诗已说出了孤独艺术的最高境界。

　　唐朝还有一位诗人王维，省察王维的诗可以发现，他的诗思绝大多数都是在孤独里咏叹孤独，他的诗境里也在显现着孤独的情趣。如他有名的《竹里馆》：

　　独坐幽篁里，弹琴复长啸。深林人不知，明月来相照。

以及他的《终南别业》：

　　中岁颇好道，晚家南山陲。兴来每独往，胜事空自知。行到水穷处，坐看云起时。偶然值林叟，谈笑无还期。

这两首诗都是很好的列子，他从孤独出发又复返孤独的诗歌意在唐代诗人中独树了一种风格。

不但在美感和诗歌里，孤独有它的价值，在事实生活中，孤独也有它的意义。《孟子·尽心篇》已经说出这个道理："独孤臣孽子，其操心也危，其虑患也深，故达。"在后来许多史书里的人物都印证了这个事实，像《后汉书·戴良传》曰："我若仲尼长东鲁，大禹出西羌，独步天下，谁与为偶。"《隋书·萧吉传》曰："吉性孤峭，不与公卿相沉浮。"这些都表明了孤介清正不随俗的人格形态。

孤独之为用大矣！

佛家有云："不二曰一，不异曰如，即真如之理也。"到了"清溪深不测，隐处惟孤云"，便是一种艺术境界，一旦能"非但处而特立于一身，亦出而独行于一世"，便是将孤独的艺术与生活结合为一体，无所不在而见其神了。

独舞，成一树花开

▲ 西子谦 / 文

曾几何时，习惯行在思想上寂寂无声独来独往，享受那种心无旁骛一片寂清的俱静。

这与孤傲无关，也不会是无度自私。**心，不是盛容不了世界与人群，是宁可与青欢独舞，也不需要万千喧浮尘世缭绕。**

因为，自己的世界，可以让自己做到进退自如，冷暖自知。

有些话，说了没人懂，不说也没人问。有时候，愿意是自己与自己一番对话，一番置腹，淋漓尽致中入心入脑，那是自己对自己的寄宿。

没有一个有生命力的物体，不为自己的价值去舒展菁华。引申而来，如果一个人，不为自己的生命负责继而焕发激情，那么，他的悲哀在于对自己生命的亵渎，犹如行尸走肉一般地苟活，没有意义可言。

灵魂是肉体最好的知己，裙带关系，唇齿相依，缺一不可的是——自己。

自己与自己不会相忘于江湖。再大的江湖，也由自己闯荡，行走江湖，心中有自己，从此不冷。

你是谁？你是自己。自己可以驾驭自己，是不需要和谁打招呼，走停行止自己安排。所以，自己的命运是自己主宰。

一个生来与众不同的人，是没有一个人可以复制效仿得了自己的人，也没有一个人习性思想是完全相同的。

于万千人中或许只会有习相近，某一天，残留下来的更多的是记忆的唏嘘，只因，性自相远，也自远去。

满怀惆怅，尽付叹息声。最后，明白自己才是自己最温馨的世界，喜怒哀乐了然于胸，七情六欲也盛装于心。原因是，在某些时候自己能澄清自己，也能自己说服自己。

没有谁可以对自己更了解。也唯有自己的忧伤欢喜，于心间独自品味，悲与喜，肩并肩，同相永。

人生在世，不能没有朋友。**在所有朋友中，不能缺了最重要的一个，那就是自己。缺了这个朋友，一个人即使朋友遍天下，也只是表面的热闹而已，实际上他是很空虚的。**

做成一个自己，不是件容易的事。做个真实的自己更是件难事。

不仅需要腰杆的刚朗，更需要意识里有不屈服的劲扬。

最大的敌人，不是别人。是自己没有勇气给自己树起可以征战八方横扫千军的旗杆，自己征服得了自己，才有可能征服得了别人。

与此同时，赢回了自己，也就有了自己的风范，有了自己的阵地，所向披靡，愈演愈烈。否则，风声鹤唳，便四面楚歌。

自己是谁？自己是血肉与骨魂的组成，承秉天地之精华，食五谷之良粹。几十年来，才得成美轮美奂与众不同的你。

很多时候，我们面对生活，表现得无奈地自欺了，更多时候是自己为自己辩护，掩饰自己，是不想让人看到自己。冥冥之中就很难过，却必须微笑，本来就痛苦，却必须洒脱。

成败荣辱，自己为自己喝彩，不是没有一个观众，是自己永远是自己的观众，也是自己的听众。自己为自己，可以抛开一切。为什么呢？答案是为了自己。

尽管是被全世界人遗忘，自己还是需要在世界中穿梭，只为了自己的生命，最爱惜，最膜拜的也只有自己。

如果你要憎恨自己，说明你还不够成熟。成熟的标志是无论风有多急雨有多烈，可以把自己疏理得整洁、雅致。你必须热爱自己，一生才有所依。

不是每个人都能读懂自己，有些人用半生去为自己自辨，又用半生为自己悔改。不懂，所以轻贱了自己。直至，某一天，幡然悔悟，原来，自己都不懂自己。

一袖苍凉，拢倾侵己心。多大的痛，多伤的口，最终，是自己给自己治愈，自己给自己埋葬不幸。原因是，所有的微凉，

自己以外的天空，虽绚丽多彩，
自己也是宇宙间独秀的一支。

自己感受才知根也知底。

最大的气魄是，你可以败落，却不能自己败了自己。若是，自己败坏了自己，那不是人的活法，连疼痛都不敢抗衡，还谈什么去证明自己能行。

谁没有过挫折失败，那就永远离成功失之交臂。谁不是在挫败中锻造自己才能从容不迫决战千里。

智者的人生，是从不妄自菲薄更不妄自尊大，把自己整个人生定位得很妥当，打理得很舒心。因为智者知道，自爱与自信是人生的主旋律。

世间，所有的寂寥落寞袭来，不过是自己没有独舞。别渴望太多观众的掌声雷动，你的人生最好的听众是自己，最响亮的掌声也是自己给自己。

独舞，成一树花开。

自己以外的天空，虽绚丽多彩，自己也是宇宙间独秀的一枝。

西子谦

上苍赋予你思想的力量，让你用智慧去撬开地球，开辟一条非同寻常的路。

守得住孤独，就把得住清欢

▲ 西子谦 / 文

—

有些孤独，并不是本身的孤独。而是因为需要选择一个人的行走，所以孤独。

熙熙攘攘人来人往，当所有的人都朝一个方向奔跑时，唯有你把热闹的结果看懂后，转身离去，不入流便与众不同。之后，径直地走向一个人的心灵修行。

当所有的人都拼命追逐时，独行的人成了正果。这时，已经不再对前行的路所诚惶诚恐，他走的路，就是用心来行走，走进一场生命里的盛大修行。

二

孤独，这个字眼看似凄冷，思想却蓬勃。也只是孤独可以让人登峰造极，望尽江山多娇。

是灵魂站在了高处成就了人在位置上的胸怀与眼界。登高望远揽得脚下千山与万水，放望天地万物皆是入得怀抱。

孤独，是清高。平常人所不能体会到的那一种孤清，也难能企及那样的境界。

因此，孤独的境界，是一个人思想潜行，在月黑风高里飞檐走壁，在天地日月中踽踽独行，独行中思想的火花闪耀着智慧的光芒。

三

有时候，必须要一个人的行走。

不在热闹护堕，也不在世俗深足。有些选择，不是身不由己，身不由己更多的就是生活被迫。而选择是驾驭生活的被迫，不愿将就于生活的僵持，放弃万千诱惑与各色浮华，纵身就投入静真。

也只有孤独的人，能与心灵对话，与思哲相拥。

懂得自己，就懂得生活。懂得，这两个字不易。它得需要在孤独里感受到自己，感应到心魂。

不需要旁人来佐证与评论，自己的心够真实，就不会欺骗了生活，违背了本我。

四

孤独，诠释出思想的深度。通常会敛冷于眼，格外清高。这需要资本，已经是看透人世间冷暖，听得弦外之音。

如同煮茶，火越烈水越沸，只有孤独，让人的心是静定。

恰似行云，穿梭万里，舒卷自如，只有孤独，思想奔逸。

烈酒与孤独相见，烈到舌唇无法原谅，猛然间大起大落，落到孤独处，总归落到孤独。大热大烈走到最后的一站，就是孤独。

生命的行走在几经兜兜转转里，看懂热闹狂欢后的落寞。后来，才明白灵魂的归宿，终究会是孤独。

五

守得住孤独，就把得住清欢。

快意的人生，就是浓淡相宜里不温不火盛享着遗世独立的清欢。

那是，洗尽铅华后的深刻，功名利禄都属于身外的堆积物。

懂得自己，就懂得生活。懂得，这两个字不易。
它得需要在孤独里感受到自己，感应到心魂。

而真正能永恒的，仅仅是内心的清孤，清孤里深欢，隐藏有心间，久久地感动生命中的每一时刻。

猛然间，回看落叶黄昏，静看夕阳西下。那一轮原来的热烈，归依平柔。

生命就是如此：

热热烈烈地燃烧成炼尽之后，成为静美。那是，岁月沧桑后的悟透。

浮浮沉沉地舒展成淡淡以后，成为雅致。那是，历经磨炼后的静定。

走在自然里，诗意的行走，孤独不苦，清高致极。

漫漫长路，一个人的背影，虽孤独却是灵魂与思想的终身伴侣。

与孤独共行盛世欢宠，天地人心亦印和。

在孤独中成为真正的自己

◢ 任风南 / 文

一

我们的生活是不是这样的？

周一，早上起床，吃完早饭，然后去工作，有人工作八小时，也有人劳碌十二个小时甚至更多。处理完一天的事务下班回家，吃完晚饭，然后看看电视，做点家务。困意袭来便睡觉休息。

周二到周五，重复上述流程。周末了，忙点自己的事情。如果有空闲，出去走走，见见朋友。或者到超市购物，再有时间，那就看场电影。要么窝在家里，有电视有电脑，消磨时间有的是办法。

生活就是这样，无尽的琐碎充满了我们的空间与时间。一天一周一个月一年，忙忙碌碌，等闲下来回头望望，到底自己做了什么，又无迹可寻。时间用它超长的耐力，把我们的日子扯成一个又一个零碎的片断。当我们试图把它们整合起来，寻求一点所谓人生的意义，却找不到那个线头。如五光十色的万花筒，看似到处是颜色，却拼不成一幅完整的图画。

看看周围的人，仿佛和我们自己一样。**当自己的生活和别人一般无二时，也就注定了平庸。**当看到镜子中自己的面孔和别人一样布满相同的表情时，我们也就成了芸芸众生中的一员。十年二十年后，除了面容苍老，是不是还是这样的状态？是不是一直平庸下去？

二

为了不让生活过于平庸平淡，我们找了很多让自己快乐的方式。

比如结识很多朋友，无事可做时，联系朋友，喝茶喝酒聊天；比如出去旅游，在欣赏风景的同时，又得到身心的放松；比如参加聚会，一群人热热闹闹，我们哪里还有空虚；再有，还可以培养各种爱好，读书、喝茶、写字、画画，与同道中人切磋交流，享受精神的乐趣。

工作中有很多烦心事，常有种说法：干一行恨一行，所以为了消除工作中的烦恼，必须在工作之余找出让自己快乐的事

学会孤独面对自己，

才有可能获得内心的宁静，成为真正的自己。

情来做。工作是工作，休闲是休闲，除去休息，它们占据大部分时间。由此看来，我们的生活非常充实。

充实的生活，让我们没有时间来考虑其他事情，即使有考虑，也是围绕着工作与休闲。如同一辆货车有核定的吨位，一批货物已经满载，其他货物就无法装载。我们也不会想其他，只会考虑货物如何安排位置才能更牢固，占更少的空间。

每天有很多事情来做，每件事情给我们带来或高兴或烦恼或无知无觉。身体忙碌，情感充实。这是高质量的生活吗？这是存在的意义吗？每个人都在重复着同样的模式，即使再充实，依然无法摆脱平庸。

三

为什么要过这种日子？

如果和其他人不一样，意味着将要承受巨大的压力。周围的社会不允许有人做出格的事。有人组织了聚会，邀请你参加，你有多次都不参加，那就证明不给其他人面子，证明已和他人无形中划了一条界线。再有其他团体性的事情，你将自动排除在外。我们都是社会性的生物，离群索居不是好的生活方式。

保持着与他人一样的生活模式，能保证融入群体中，也只有在群体中，我们才能找到安全感。谁愿意每天忍受他人斜视的目光？

再有我们怕孤独，孤独让心无处安放。我们天生排斥工作，因工作带来的劳累让我们心生疲惫。但是，没有工作、无事可做更痛苦。所以在排斥中又不得不做。为了弥补或消除这种疲倦，我们又找来各种消遣，用各种娱乐暂时抹杀劳累。

然而无论是劳碌还是娱乐，我们都是在用它们填补无事可做的空虚与孤独。监狱中的犯人，失去自由倒是其次，无人交流的孤独才是最痛苦的。

因为无法忍受内心的孤独感，所以我们向外寻求刺激。从某种角度来说，所有的工作与休闲都是在抵抗孤独。很少有人愿意独处，缺少了热闹的场景，没了他人的参与，总是让人无所适从。

四

平庸的生活从何而来？

为了取悦他人和获得他人的承认，我们总是以一种扭曲的方式呈现自己，必须用平庸的生活方式和狭隘的见识来与别人交流。如果你清醒，如果有不同于他人的见解，拒绝和他人相似，作为一个另类存在，那在现实生活中将会变得寸步难行。

从自身的角度来说。我们拒绝有深度的思考。媒体上娱乐版块的阅读者，远远多于有深度解析的文章的读者。思考是一种高层次的快乐，但这种快乐来得太困难。它不如那些能刺激人们感官的快乐直接。懒惰是人的天性，所以我们宁愿接受那些肤浅的东西，也不愿去花费工夫去理解事物表象后的本质。

毕竟，欣赏一部高颜值的电视剧比阅读一本哲学书更轻松快乐。

沉迷于现实中的种种，无力摆脱又不想摆脱，自然而然带来平庸的思维与生活。

五

抵挡平庸，需要我们学会孤独地面对自己。

摆脱世俗羁绊是我们内心的渴望。每一个成熟的人，都有对人来人往人情冷暖的厌倦，讨厌说言不由衷的话，本能拒绝做不得不做的事情。然而很多情况下，我们在现实中是迷失的。一天下来，浑浑噩噩，不知道做了些什么，也不愿在睡觉前回顾今天发生的一切。糊里糊涂中，时间飞速流逝。

学会孤独面对自己，才有可能获得内心的宁静，成为真正的自己。因为用不着和他人混在一起，我们也就有了时间去思考并充实自己的内心。"外在的骚动越厉害，外在给予的印象越多，人的精神内在就越小"（叔本华），摒弃外在的喧嚣与浮华，我们的精神世界就越强大。

人的意识世界是有限的，当外在的繁杂、人际交往、事务性的忙碌、身体享受占据我们的精神世界，不可避免挤压自我意识存在的空间。磁盘的容量有限，为什么不去存储高贵的精神呢？

只有孤独，能让我们获得足够的内涵，用来抵挡世间的纷扰与平庸。我们的灵性才会自由飞翔。

梦想注定是孤独的旅行

▲ 简·爱／文

——

上月月底摔了一跤，当时先生在家帮我细心包扎，我还特地写了篇文章赞他。没想到"好心办坏事"了，医学知识欠缺，处理不当，几天后伤口红肿发炎，最后竟然化脓了，后果很严重。呜呜呜……

在床上静躺的这一周多，感触万端。这事如果是发生在二十几岁，我一定是抓心挠肝坐卧不安度日如年。然而，现在已年过而立，年龄赋予我面对孤独的能力。趁休息这几天，我写了三篇文，读两本书，感觉无比充实。

孤独实在是件好事，是一个最好的增值期。

可是人在太年轻的时候，往往不能懂得，逢上放假一天的好日子，若不能呼朋引伴将自己置身于闹哄哄的人群中，免不得大呼浪费生命。

可是，你见过有几个在不同领域有着出色成就的人，成天厮混在人堆里打情骂俏、家长里短？

二

著名演员罗兰曾经说过一句话："**在孤独中，我正视自己的真感情，正视真实的自己。我品尝新思想，修正旧错误。我在孤独中犹如置身在装有不失真的镜子的房屋里。**"

这名杰出的艺术家，星途并非一开始就坦荡。她出生在香港一个平凡的家庭，长得也是很普通。并不漂亮，也不特别聪明的她，但为人诚厚，做事踏实，读书认真。可惜由于家境太过贫寒，中学未毕业就因交不起学费而辍学，之后好长时间找不到合适的工作，经常在街头闲逛。

偶然一次和朋友一起跑去片场看拍电影，阴差阳错做了临时演员。由于外表不出众，也没受过高等教育和专业的培训，参与过百部电影的演出，都只能在电影中担任了绿叶的角色。然而她并不气馁，所有的业余时间孤独中度过，闭门修炼，反复阅读剧本，揣摩人物心理，经年累月地积累，演技终于精湛起来。越努力越幸福。慕名前来的大导演络绎不绝，好片接踵而来，功夫不负有心人，经年之后成了香港电影的传奇人物。

　　每一个成功的人，都曾经历一段黑暗孤独无人问津的岁月。我们都是自己人生的摆渡人，要摘得美丽的彼岸花，还得耐得住孤独寂寞。

三

　　传说南半球有一种荆棘鸟，它毕生只歌唱一次，但歌声却比世界上任何生灵的歌声都悦耳动听，它一旦离巢去找荆棘树，就要找到才肯罢休。

　　每每这时，它把自己钉在最尖最长的刺上，在蓁蓁树枝间婉转啼鸣。超脱了垂死的剧痛之后，歌声胜过百灵和夜莺。

　　据说它只要一发声，整个世界都在屏息聆听，就连天国里的上帝也开颜欢笑。

　　是什么使得它的歌声如此动听？

　　只有忍受极大的痛苦，才能修得出神入化的技艺，一鸣惊人。

四

　　上个月家乡的一个朋友好心建了个微信群，本意是用来联络乡情，却不料拉进几个赌徒，几个引来众多。从此，群里乌烟瘴气，除了抢红包还是抢红包，从东方吐白的清晨到万籁俱

每一个成功的人，都曾经历一段黑暗孤独无人问津的岁月。

我们都是自己人生的摆渡人，要摘得美丽的彼岸花，还得耐得住孤独寂寞。

寂的深夜。完全违背了建群初衷，群主一气之下退了群。

有多么无聊，才会把大好的时光浪费在聚众赌博上。这样的一群人，能有多出息，可想而知了。

人是社会性物种，合群无疑能显示出你的高情商好人缘。

但你若把所有的时间都用来合群，这一生注定只能庸俗不堪。

五

孤独才能迸发出惊人的创造力。凡·高、毕加索、达·芬奇等他们的画作能震惊世界，巴赫、莫扎特、贝多芬的音乐作品流芳百世，就是最好的例证。

内心一片荒芜，才会害怕孤单，在人群中才能找到可怜的存在感。

然而，一个人真正想在某个领域有所建树的话，只有让自己安静下来，潜下心去钻研，与孤独为伴。

孤独是一种心境，整天为利益得失追名逐利者，一贯浮躁焦虑的人，永远体会不到孤独之美。拥抱孤独才能真正与自己的内心对话，灵感创意在孤独中萌发，卓越思想在孤独中发芽。

在某种意义上说，能忍受多大的孤独，就能创造多大的成就。

六

　　我们的时间是有限的。过度追求外在，诸如金钱、名声之类，必然挤压我们内在的生存空间，没有时间去反省真正属于自我的东西。如同一块菜地，你种满一种蔬菜，那就无法再去种植其他。

　　外在重要吗？外在是必不可少的，没有物质我们无法生存，生存下来后，开始追求更好的物质、更大的事业，用它们来替代我们生活的一切，从这个角度来说，我们生活的时代是贫穷而匮乏的。五颜六色的泡沫和快餐式的消费品，一天天快速出现又匆匆而去。无须多讲事例，看看我们的周围，能真正留存下来的都有些什么？

　　外在的东西有时是很难把握的，只有充实的内在我们才可以自由掌握，知识与见解，思想与能力，都是属于我们内在的东西，它们也会消失，在时间和死亡的面前消失，但是其他人永远无法夺走。财富与地位，今天有，明天可能会丢失。充实的内在不是这样，在我们肉体还存在的时间，永远属于自己。

　　获得充实的自我，我想不出比放弃庸俗的社交、放弃过度追求外在更好的办法。在属于自己的孤独的时间与空间中，我们的自我意识才会成长，我们的元气才有可能一点点累积，我们才有可能独立于他人之上成为独一无二的人。

　　唯有孤独，让我们获得真正意义上的成长，让我们的人生有区别于他人的色彩。很喜欢那首歌："梦想注定是孤独的旅行，路上少不了质疑和嘲笑。但那又怎样，哪怕遍体鳞伤，也要活得漂亮。"

简·爱

人生有了强大的支撑，当有些东西比如爱情失去后，我们才不会恐惧绝望。

CHAPTER 5

享受无意义，
让自己慢下来

为什么我们经常会被无意义感所侵占？功利的世界让我们失去了对生活的热爱和享受，失去了对美好食物的好奇与感知。无意义感是让我们慢下来，好好体味生活。

守护诗意的心境

▲ 王蓉芳 / 文

　　这个世界过于喧嚣。无数急功近利者如同漂浮于海上的泡沫，不断地侵占着最后的纯净。因而，我像农人守护着庄园，像灰姑娘守护着水晶鞋，像鸟儿守护着山林，我守护着你——诗意的心境。

　　我如同东篱边一株清瘦的黄花，翘首等待。等待黄昏悄然来临，跟随一只归林的鸟儿，将月亮和柳梢布置成一个动情的背景，任凭一缕暗香在夜色里氤氲。

　　饮一杯淡酒，燃一炷心香，让如丝如缕的青烟，蓄满盈盈的情怀；月光为裳，蝉琴蛙鼓，我在清宁的世界里纵情舞蹈。现实与梦想隔着一层薄纱，我渴望自己是只会飞的蝴蝶，在花非花、梦非梦的边缘自由翩舞。

　　每一个季节都有一种属于自己的颜色，生命的四季也应有独特的芬芳，我不追随别人，我要守护诗意的心境，守护住自己灵魂的安宁。如同阳光透过幽深的树林，如同长笛穿越迷雾的清晨。守护诗意的心境，如同守护内心点滴的温暖与光明，

细品美好的人生，

聆听生命里最自然最纯真的旋律。

守护住破晓出发的勇气与信心!

守护诗意的心境,守护住清露晨流,守护住淡月疏影,用一颗善良的心去感化世界,用最初的纯真去照彻黎明。

这个世界过于拥挤,生存的竞争改造着我们,吞噬着我们的纯真。来来往往的过客太多专注于目的,欲望的空间不断膨胀,精神的家园被挤占,我们在被无数欲望吞噬的情感沙漠里流浪。守护诗意的心境,如同守护一片荒漠中的绿洲,守护着美好的梦想与希冀。

岁月的沧桑,世事的变迁,人生注定有太多的诱惑与诡异。我们在不断地前行中颠沛流离,远离自己的精神家园,在人潮涌动中漂泊无依,渐渐忘记了自己是谁。

真想辟半亩方塘,引山涧流溪,种下一颗如莲的心,不求在阳光下的灼灼夺目,只愿在清风徐来之际,暗香浮动,清荷流韵。掬一捧月色,酿三分梅香,畅饮诗意的心境,细品美好的人生,聆听生命里最自然最纯真的旋律。

守护诗意的心境,静静地休养生息,不求闻达显赫,不求锦衣玉食。只用淡然的情怀,撑一叶扁舟,踏着清晨第一颗露珠出发,沿着梦的轨迹,驶向一切真、善、美的地方,让阳光在青青草地憩息!

王蓉芳 守护诗意的心境,守护住清露晨流,守护住淡月疏影,用一颗善良的心去感化世界,用最初的纯真去照彻黎明。

留一只眼睛看自己

▲ 林清玄 / 文

欲识永明旨，门前一湖水；日照光明生，风来波浪起。

——永明延寿禅师

日本历史上产生过两位伟大的剑手，一位是宫本武藏，另一位是柳生又寿郎，这两位的传记都曾经在台湾地区出版，风靡过一阵子。柳生又寿郎是宫本武藏的徒弟，关于他们的故事很多，我最喜欢其中的一则。

柳生又寿郎的父亲也是一名剑手，由于柳生少年荒嬉，不肯受父教专心习剑，被父亲逐出了家门，柳生于是独自跑到一荒山去见当时最负盛名的剑手宫本武藏，发誓要成为一名伟大的剑手。

拜见了宫本武藏，柳生热切地问道：“假如我努力学习，需要多少年才能成为一流的剑手？"

武藏说："你全部的余年！"

"我不能等那么久，"柳生更急切地说，"只要你肯教我，我愿意下任何苦功去达到目的，甚至当你的仆人跟随你，那需要多久的时间？"

"那，也许需要十年。"宫本武藏说。

柳生更着急了："呀！家父年事已高，我要他生前就看见我成为一流的剑手，十年太久了，如果我加倍努力学习，需时多久？"

"嗯，那也许要三十年。"武藏缓缓地说。

柳生急得都要哭出来了，说："如果我不惜任何苦功，夜以继日地练剑，需要多久的时间？"

"嗯，那可能要七十年。"武藏说，"或者这辈子再也没希望成为剑手了。"

柳生的心里纠结着一个大的疑团："这怎么说呀？为什么我愈努力，成为第一流剑手的时间就愈长呢？"

"你的两个眼睛都盯着第一流的剑手，哪里还有眼睛看你自己呢？"武藏平和地说，"第一流剑手的先决条件，就是永远保留一只眼睛看自己。"

柳生又寿郎满头大汗地爆破疑团了，于是拜在宫本武藏的门下，并做了师父的仆人。武藏给他的第一个教导是：不但不准谈论剑术，连剑也不准碰一下；只要努力地做饭、洗碗、铺床、打扫庭院就好了。

三年的时光就这样过去了，他仍然做这些粗贱的苦役，对自己发愿要学习的剑艺一点开始的迹象都没有，他不禁对前途感到烦恼，做事也不能专心了。

三年后有一天，宫本武藏悄悄蹑近他的背后，给他重重的一击。

第二天，正当柳生忙着煮饭，武藏又出其不意地给了他致命的扑击。

从此以后，无论白天晚上，他都随时随地预防突如其来的袭击，二十四小时中苦稍有不慎，便会被打得昏倒在地。

过了几年，他终于深悟"留一只眼睛看自己"的真谛，可以一边生活一边预防突来的剑击，这时，宫本武藏开始教他剑术，不到十年，他成为全日本最精湛的剑手，也是历史上唯一与宫本武藏齐名的一流武士。

这个故事里隐含了很深刻的禅意，禅者不应把禅放在生活之外犹如剑手不应把剑术当成特别的东西。**剑手在行住坐卧都可能遇到敌人的扑击，禅者也是一样，要随时面对生活、烦恼、困顿的扑击，他们表面安住不动，心中却是活泼灵醒能有所对应，那是由于"永远保留了一只眼睛看自己"呀！**

宫本武藏在日本剑道和武士道都有很崇高的地位，那是由于他不只局限于剑术，他还是一个很杰出的画家和书法家，他有一幅绘画作品绘的是"布袋和尚观斗鸡"，以流动的泼墨画了

我们生命面对的苦恼不是我们的敌人，

而是自己的延伸，应该透过烦恼来认识自我。

微笑的布袋禅师看两只鸡相斗的情景，题道"无杀事，无杀者，无被杀，三者皆空"，很能表达他对剑术与人生的看法。

对于一个武士，拿刀剑是一种修行，是通向觉悟的手段，一个随时随地都可能死掉的武士，他还要在其中确立自己的人格，觉悟与修行、定力与意见就变成多么急迫！我们不是拿剑的武士，不过，在人生的流程中，人人都是面对烦恼与不安的武士，如何以无形之剑，挥慧剑斩情丝，截断人生的烦恼，不是与武士一样的吗？

最近读了一本美国作家汉乔伊（Joe Hyams）写的《武艺中的禅》，把武术、剑道与禅的关系做了精辟的分析，他写到几个值得深思的观点：

一是武师所遇到的对手，与其说是敌人，不如说是自己的同伴，甚至是自己的延伸，可以帮助我们更充分地认识自己。

二是虽然大部分武艺高手都花了好几年时间练几百种招数，但在决斗时，实际经常使用的招数只有四五种。他一点思考的时间都没有，只是用心去对应。

三是武师的心要经常保持流动的状态，不可停在固定招数，因为对手出击的招数是不可预测的，当心停在任何固定招数，对武师而言，接下来就是死！

对禅者也是如此。我们生命面对的苦恼不是我们的敌人，而是自己的延伸，应该透过烦恼来认识自我；我们可能遍学一

切法门，但必须深入某些法门，来对应生命的决斗；我们应该
"无所住而生其心"，因为生活不能如预期，无常也不可预测，
如果我们的心执着停滞了，那就是死路一条。

这些训练的开端就是"留一只眼睛看自己"呀！

以自己喜欢的方式过一生

▲ 芝麻 / 文

在朋友的酒庄聚会，主人拿出珍藏的澳大利亚红酒 PenfoldsMax's，大家微醺间渐入佳境，举杯言欢。酒的好处，能让你从披挂上阵的西装旗袍下面释放真我，有种灵魂出窍任性一把的感觉。

品酒的人群，"70后""80后""90后"混搭。隔一个年代的人，就像在不同星球生活，关注点也不一样。

"酒味道不错。多少钱一瓶？奔富这名字也翻译得好。奔富奔富，共同富裕嘛。"——中年人的口吻。

"Penfolds，澳大利亚顶级葡萄酒哦，Max系列应该是酿酒师的名字吧，挺酷的。"——不消说，年轻人。

一个水嫩美眉说："你们这些大叔大婶呀，就知道问价钱。将来我可不想变成你们一样的中年人。"

"你们这些中年人"是什么样子呢？

少了头发粗了腰，多了皱纹和脂肪。唱起卡拉 OK，还是老三样，《莫斯科郊外的晚上》和《路边的野花你不要采》。

钱包大致也有些鼓，应该买得起这酒庄的大部分酒。未必会分析这瓶酒好在哪里、产自何方、哪个年份、什么风格，但有直接的品鉴方式：好喝还是不好喝，贵还是不贵。

这是俗人干的事。但很不幸，大部分的"我们"，已经变成俗人。当年清瘦得像电线杆的已经膀圆腰粗，羞涩内向地端着酒杯追着你喝喝喝，大大咧咧的变成少言寡语的机关干部，仙气飘飘的女神变成里外周到的贤妻良母。

大多数中年人像年少时的自己翻个个儿。谁又想得到，自己变成了"不想成为"的那种人呢？

中年是一种什么样的体验？一般而言是这样的：

孩子要照顾。这个是全方位的，吃喝拉撒，学习成绩，心理动态，是否叛逆，有没有人生目标，最好别早恋。

老人已变成孩子，你要"带"他们了。带他们去公园、医院、餐馆。带他们旅游。像小时候他们哄我们一样，打针的时候说不痛，埋单的时候说不贵，下班以后说不累。他们问你最近怎么样，你的标准答案是一切都很好。

事业略有成就，还得继续爬坡。体力还行、经验尚可，正是奉献社会的大好时光。打工一族，这个位置这次没上，下次说不定就超龄了，得好好努力；开公司的，退休后还得靠自己，别看现在赚得不少，货币贬值这么快，还得加油拼搏。

内心世界，既安定又躁动，有停滞也有变化。

人到中年，责任和义务到达峰值，人丑钱多事儿杂，没人疼。

你说中国女人过早放弃了自己，捞件看不出颜色的 T 恤衫就出门，脸上没口红也没脂粉。可是，你没看到她早上 6 点起床，厨房煲粥，客厅洒扫，把卧室里的臭袜子捡起来扔进洗衣机，像闹钟一样叫老公和孩子起床。像个陀螺转了那么久，再出门去上班，哪还有时间和心情扮靓？

你说，这完全没必要，牺牲自己不值得，没活出自己的模样。可是，身为女主人，看着家人吃光你做的饭菜，在门口和你吻别道再见，你还整一整他们的衣领，这俗世意义上的小确幸带来的满足感，是可以 PK 职场上司表扬的。

很多时候，女主人是一个家的磁场，负责打理家的味道。风度和温度，常常二者难以兼得。

所以，你也许会奇怪，为什么有些事业有成的中年男携眷出场时，她未必光鲜亮丽；或者，手上老是涂着指甲油的中年女子，内外兼修，挽着的男人却有些塌陷走形。

夫妻也是对方的生活用品，用到中年，好看不易得，好用更难求。外形看起来的不般配，内在总有更契合的链接。在漫长琐碎的相处中，顺手的凝聚力，超过了颜值的吸引力。

我有个朋友，是外貌协会的死忠粉。认为不化妆不打扮不漂亮就是罪过，不洗头出门就阿弥陀佛。三十岁后，她结婚

以自己喜欢的方式过一生。

生娃，不得不涉足家庭主妇业务。终有一天，她说，现在出门时越来越容易了，原来搭配化妆弄半天，现在素颜也敢见人。我笑话她，越往后你会觉得越简单，捞件 T 恤衫也敢出门。

不是不爱美了。是"美"这件原来最重要的事，在每一天被塞得满满的生活中，暂时让位了。你乐见自己貌美如花，但很多时候，却不得不赚钱养家。

这兵荒马乱的中年生活，有时不允许我们捡起太多。我们捡起了爱人、亲人，有时候唯独忘了自己。没有好好爱自己，善待自己，打扮自己，爱备自己。但这不代表着我们不愿意，不喜欢，不会。

一开始，都是讲究不将就的青年人。只是经过奋斗的耗损、时间的调戏和生活的小折磨，经过一些不如意和不容易，且战且退，舍得扔掉那些繁复的辎重，只留下生活的基本必需。

但是，每个年龄段都自带福利。中年也没那么惨，除了生活日趋稳定，经历会不断刷新你的想法。

你，"不惑"了：

你终于发现，工作只是生活的一部分，不能为了未来的生活，没有了现在的生活；

可去可不去的应酬就算了，做做减法；

健康第一，原来看不上的养生帖子，忍不住多看了一眼；

吃东西有所选择，最开始是能吃什么吃什么，后来是想吃什么吃什么，现在是该吃什么吃什么；

运动重回生活，加入微信运动、手环上身，每天走上几千步；

又能静下心来看书了，配上音乐，一杯茶在手，一个人也不觉得寂寞。

人本来很贪心，鱼和熊掌希望兼得。年少时努力奋斗"取"，以为拥有越多越好；中年后才逐渐学习"舍"，留下最贴近本心的一部分。

突然某一天，你恍然大悟，这大半生为他人而活，隐忍自己，现在，是时候为自己了。

以自己喜欢的方式过一生，是比一辈子只爱一个人更难实现的理想。但当你减少名利的枝蔓纠缠，对成功、奋斗、美、成熟、生活都重新定义，会发现中年这个阶段，也是极好的。

所以，上市公司高管，辞职去云南买个老宅子，晒太阳养狗；看起来很登对的两个人，和平分手各自有新恋人，彼此还能做朋友；体制内有人下海，去了民营互联网企业；在外游荡很久的背包客，突然回家种花种菜；跑马拉松的队伍里，多了笑起来有皱纹的中年人……

在负担得起这"多少钱一瓶"的 Penfolds 好酒后，终于肯花时间和精力，去品尝它的风味，追溯它的来源和细节，以真实的感官，用心体会生活之美。

　　这时候，你像睡了半辈子突然醒来，走向生活另一面。也像喝上这一樽好酒，放下名牌服饰包裹的花架子，微醺间渐入佳境，靠近真实的自己。

　　这时候你发现，走路越来越轻盈，人真的可以越活越年轻。

　　中年危机？一辈子那么长，人生才刚刚开始呢。

往事如烟，回忆轻浅

▲ 芳菲 / 文

当温润的清风缱绻春意漫漫的大地，记忆中的爱莲女拥一怀淡香幽远，手持桃粉油纸伞，撑一抹艳阳在浅笑如花的眉眼间，玉指纤纤，裙裾微动，青丝香软……

相遇，是三生之前许下的心愿：今生，我在水旁，你在岸边，回眸互望牵手到永远。

只是，三生太长，今生已难辨你的模样，孤独中迷失方向，历经一场又一场擦肩而过的彷徨。

榕城酒都，江南沪上，我把爱一次又一次幻化成美丽翩飞的彩蝶，放逐到梦想的国度，信以为真不轻易牵起的手定会陪我天长地久。而那兼葭苍苍的水岸，却看透了我脆弱敏感的温柔。

醉过方知酒浓，爱过才知情重。生命，总是需要过客，爱情也如是。 要多少辛酸才能把爱的美酒陈封到浓香醇厚？要多

往事如烟，回忆轻浅。

少浪漫才能换来相濡以沫的陪伴？要多少心疼，才会把绵绵情义续写成细水长流的诗篇？而我只能用相忘于江湖的姿态来保存每一段纯真企盼，我曾沮丧，也曾迷惘……

为爱流过的眼泪汇成潺潺小河，为情错过的风景凝成脉脉曲调，我用一颗期待春光烂漫的心，在每一个白云深处，在每一次柳暗花明时，低眉抚弦，婉转成一首动听的离歌。

有时，也在夜半无眠时分，轻启双眸，静静地唱，静静地和。拾一捧碎念，兑一段流年，汇成一曲无言的结局。轻浅的回忆，一段段如烟往事，一幕幕似海深情，一片片昔日旧影，平添了许许人生风景。

春兰，夏荷，秋月，冬雪……桃粉，柳绿，菊黄，梅红，日复一日，年复一年。

十年漂泊，再多的眼泪也将风化成沙，再深的回忆终是刹那芳华。直到我在雨中邂逅你，直到你牵起我的手，才恍然，与君同行乃是我在三生之前许下的心愿，此情才是今生可待成追忆的守候。嫣然回首，爱莲女子终在迷人的灯火阑珊处，寻到她灵魂的彼岸。

从此，任时光荏苒，任月缺月圆，任青春之书翻过一篇又一篇……

我都愿为你，淡着一身布衣，恬撑一把纸伞，静默穿行于江南的青瓦白墙间，在雾气氤氲的荷畔，盛开成一朵亭亭的莲。

而今，拈一支拙笔将三生之愿化为一世柔情写进唯美诗篇，梧桐树叶为签，蒙蒙细雨为证，绿茶淡香沁入回甜的字里行间。

　　隐于闹市，做个闲人，对一张素琴，一盏清茶，一壶浊酒，一抹香云盈盈。

　　也听风起云涌　也看云淡风轻。

　　执子之手，与子偕老。

芳　菲　　我用一颗期待春光烂漫的心，在每一个白云深处，在每一次柳暗花明时，低眉抚弦，婉转成一首动听的离歌。

安静，内心的风景

▲ 春暖花开 / 文

在这纷扰的尘世，能保持一份静心是非常难得的，安静是书中的几行小字，是茶中的一缕清香，是画家笔下的一处山水，是心灵深处的一缕清音。

心静的时候你可以听到山涧的泉水，水流潺潺的声音，你可以听到路边的花开簌簌的声音，你可以感觉到身边的风是柔柔的，你可以闻到空气中淡淡的花香。

明月松间照，清泉石上流。世间的美景万千都比不上心中的风景。一个安静的人，定然是心中有美景的人，他们懂得紧紧地抓住灵魂，不做身体的奴隶，懂得去欣赏沿路的风景，也懂得享受生活中一枝一叶。

安静的人喜欢在书中寻日月，写几行小字，让一笺心事流淌于墨香中，读几篇美文，享受文字中的细雨清风，一颗心，便能穿过寂寞，宛若与灵魂重逢，酒不醉人人自醉，书能香我何须花。淡淡的时光里，最难得的，是那颗淡然的心。

安静的人也喜茶，闲来泡一壶茶，看着枯黄的茶叶在沸水中翻腾，就有如人生的浮沉，待尘埃落定，一切都随风，将经年的往事，折叠在一盏茶香里，唯留一处清幽，在一壶春色里，让那缕淡淡的香，溢于唇齿间，辗转于生命中。

偶尔也会忘记琴棋书画诗酒花，向往耕读生活：旱田几亩，种粮种菜，种竹种兰草；水田几分，养鱼养虾，养蓼养荷花，看楼头的燕子，飞到谁家，返璞归真，共岁月小清欢。

如果一个人能在心中种植一处安静，就能适时摆脱生命外表的喧闹与不安，因妥帖而睡得安稳，因宁静而生暖。内心的安静可以是闲来一本书，一盏茶，看月圆，赏春花，心如简，淡如菊，聆听花开的声音。也可以是在熙熙攘攘的人群中，内心独有的那一份自恃，在纷扰的红尘中，心中默守的那抹清凉。

余秋雨说，在这喧闹的凡尘，我们都需要有适合自己的地方，用来安放灵魂。也许是一座安静宅院，也许是一本无字经书，也许是一条迷津小路。只要是自己心之所往，都是驿站，为了将来起程不再那么迷惘。

活着，不必和自己较劲，如果你总想驾驭生活，命运终会让你变得随和；如果，你总想追赶时间，你定会变得疲惫不堪。善待自己，让心变得不再慌乱，让脚步走得踏实安稳。生命中，可以没有春日枝头的娇媚，也可以没有绚丽的夏花，但一定要有秋日的静美，和冬日里的那份安静和质朴。

人生最好的丰富，是内心的安静和平和。安静，并非要到深山老林无人处，才能得到静心，就像修禅，未必都要到山中寺庙，出家剃度一样，一个安静的人，即便是在人山人海中，繁华喧闹中，内心依然会有一份自恃和清凉。

喜欢安静的人，经常处于尘世喧嚣之外，这并非是一种逃避，而是避免不必要的干扰，让心中更有定数，为的是更好地来判断事物，于纷扰中走出一条捷径来。世间之事皆有定数，但凡大事，定要做到不乱，一个安静的人，必携有一颗淡然的心，于安静的意境中，开出莲花来。

生活的起落间，总会遇到这样或那样的事情，每一天不可能都是艳阳高照，命运也不会把所有的美好都给你，偶尔也会有阴云来袭。安静的人，无论遇到什么样的事情，都会保持头脑清醒，步伐稳健，内心不会慌乱，他们遇到事情沉着冷静，善于分析，懂得思考，不会让不良情绪来影响自己，他们会乘着智慧的羽翼，在悬崖缝隙中，走出一条路来。

一个安静的人，不会被名利所诱惑，有着一颗恬静的心，他们不比较，不依附，把名利得失看得很淡。以一颗随遇而安的心行走在红尘中，不求做最艳丽的那朵花，只求做深山里的那朵菊，用一颗平和的心，对待所有。**看淡不是不求进取，也不是无所作为，更不是没有追求，而是平和与宁静，坦然和安详，离尘嚣远一点，离自然近一点。**

　　安静的人，内心会有一种深邃的澄澈，如静水深流，静，就是生命的完满，水，就是生命的本源；流，就是生命的体现；深，就是生命的蕴籍。喜欢安静的人，定有一颗随和的心，为人处世不张扬，态度柔和，胸中自有万千丘壑，为人处世谦逊，懂得修身养性，大凡是成功者，都有着丰富的内心世界。

　　烟柳画桥，风帘翠幕，生命中多少风景，终不抵内心的自在和轻松，繁华落尽，我心中仍有花开的声音，任尘世嚣闹，世事纷扰，皆与我无关，那份干净与满足，最得风流。

　　罗素说，所谓的幸福生活，一定是指安静的生活，缘由只在安静的气氛中，才能够产生的乐趣。做一个安静的人，定是快乐的。

　　人生难得一静心，生活因为安静而美丽，岁月因为安静而丰盈。安静，是内心最美的风景。

春暖花开

时光，浓淡相宜；人心，远近相安。生命的美在于平和，生活有时候淡淡的就好。

已出版：
《聆听，花开的声音》

图书在版编目（CIP）数据

把生活过成你想要的样子/慈怀读书会主编. —— 北
京：北京联合出版公司，2016.7（2021.7重印）

ISBN 978-7-5502-8216-2

Ⅰ.①把… Ⅱ.①慈… Ⅲ.①散文集 – 中国 – 当代
Ⅳ.①I267

中国版本图书馆CIP数据核字（2016）第167835号

把生活过成你想要的样子

主　　编	慈怀读书会
责任编辑	刘京华　夏应鹏
项目策划	紫图图书 ZITO®
监　　制	黄　利　万　夏
特约编辑	朱彦沛
营销支持	曹莉丽
内文插画	Lylean Lee　莹莹安安　Paco_Yao
	SEPT.　XuAn　壶帽人　留留Lmiao
	饺子酒儿　林杨　木可子
装帧设计	紫图装帧

北京联合出版公司出版
（北京市西城区德外大街83号楼9层　100088）
艺堂印刷（天津）有限公司印刷　新华书店经销
字数100千字　880毫米×1270毫米　1/32　6.5印张
2016年7月第1版　2021年7月第24次印刷
ISBN 978-7-5502-8216-2
定价：42.00元